Enamorada del príncipe

Lucy Monroe

WITHDRAWN

Bianca™

HARLEQUIN™

Editado por HARLEQUIN IBÉRICA, S.A.
Núñez de Balboa, 56
28001 Madrid

I.S.B.N.: 978-84-671-6958-4
Depósito legal: B-39297-2009
Editor responsable: Luis Pugni
Preimpresión y fotomecánica: M.T. Color & Diseño, S.L.
C/. Colquide, 6 portal 2 - 3º H. 28230 Las Rozas (Madrid)
Impresión y encuadernación: LITOGRAFÍA ROSÉS, S.A.
C/. Energía, 11. 08850 Gavá (Barcelona)
Fecha impresion para Argentina: 7.6.10
Distribuidor exclusivo para España: LOGISTA
Distribuidor para México: CODIPLYRSA
Distribuidores para Argentina: interior, BERTRAN, S.A.C. Vélez
Sársfield, 1950. Cap. Fed./ Buenos Aires y Gran Buenos Aires,
VACCARO SÁNCHEZ y Cía, S.A.
Distribuidor para Chile: DISTRIBUIDORA ALFA, S.A.

Capítulo 1

ALGUNAS veces ser princesa es como estar encarcelada –murmuró ella mientras subía la cremallera de su vestido verde favorito y se preparaba para otra cena formal en el Palazzo di Scorsolini.

No era la perspectiva de una cena más con el Rey Vincente y los dignatarios que habían ido a visitarlo lo que la hacía sentirse molesta, sino la frustración de pasar un día en su propia versión del purgatorio. Ella quería al rey de Isole dei Re y se sentía más unida a él que a su propio padre.

Pero había veces que deseaba que Claudio y ella tuvieran su propio hogar, no simplemente un conjunto de apartamentos en el palacio real de Lo Paradiso. A pesar de ser hermosa, la suite no tenía intimidad, puesto que se esperaba de Claudio y de ella que comieran casi siempre en el comedor formal. El hecho de que sus obligaciones como princesa rigieran su vida personal era un gran inconveniente, sobre todo aquella noche, en que ella se sentía nerviosa por la necesidad de compartir las noticias que había recibido de su médico de Miami. Para garantizar la absoluta discreción había ido a los Estados Unidos a hacerse aquel examen médico tan particular. Ahora casi se arrepentía de haberlo hecho. Porque si la prensa se hubiera enterado de lo ocurrido al menos se habría ahorrado tener que darle la noticia a Claudio.

Era una cobardía aquel pensamiento. Y ella no era cobarde.

Pero hasta ella, con años de entrenamiento como hija de diplomático, no podía mirar «el fin» de su matrimonio con ecuanimidad. A diferencia de sus padres, ella no veía la vida como una serie de estrategias políticas. Para ella, la vida real hacía daño.

Claudio terminó de ponerse los gemelos y tiró de las mangas con la precisión de siempre. Ella sintió que se le oprimía el corazón al pensar que podía llegar a perder aquella familiaridad con él.

Los labios de Claudio se torcieron en un gesto que daba a su cara un aire cínico.

—Se lo diré a tu madre —dijo él.

—Ni se te ocurra.

A Claudio le divertía la tendencia a escalar socialmente de la madre de Therese, pero ella era menos tolerante con su madre. Ella, al fin y al cabo, era la escalera por la que su madre esperaba escalar.

—No tengo ganas de escuchar el sermón de mi madre acerca de lo afortunada que soy de ser una princesa, ni de lo privilegiada que soy por tener esta vida.

Por no mencionar la parte en la que le decía lo increíble que era que Claudio la hubiera elegido a ella entre todas las mujeres del mundo. Ella no deseaba oírlo.

—A lo mejor tu madre puede comprender mejor que yo tu evidente decepción por lo que te ha tocado en la vida —el tono de Claudio hacía ver que sólo estaba bromeando a medias.

—No estoy decepcionada con lo que me ha tocado.

Se sentía más bien destrozada. Pero aquél no era el momento de decírselo a Claudio.

No podía dejar de sentir que su vida había sido maldecida, probablemente desde el principio, pero ella había sido demasiado ciega para darse cuenta. Se había creído el cuento de hadas y luego había descubierto que el amor no correspondido traía dolor, no placer. El amor y la felicidad para toda la vida existían sólo en los cuentos, o para aquellas personas que eran amadas por sí mismas, como ocurría en el caso de las otras princesas Scorsolini.

—Y entonces, ¿qué es eso de comparar ser mi esposa con la vida de un convicto en prisión? —Claudio se puso de pie.

Su fragancia embriagadora la envolvió recordándole cuánto echaría de menos su presencia cuando ya no la tuviera.

Él era el sueño de toda mujer, el tipo de príncipe para un cuento de hadas. Tenía el cabello negro, los ojos marrones, la piel del tono de sus antecesores sicilianos y la altura de un atleta profesional. Su cuerpo era musculoso, sin un gramo de grasa, y su rostro podría haber sido el de una estrella de cine, quizás de otra época. Porque no era un niño guapo, sino que tenía rasgos pronunciados, angulosos, y una hendidura en la barbilla que denotaba la fuerza de carácter en la que uno podía confiar totalmente.

Ella tuvo que tragar saliva dos veces antes de contestar:

—Yo no he dicho que ser tu esposa fuera eso.

—Tú has dicho que la vida de una princesa era así, y no lo serías si no estuvieras casada conmigo.

—Es verdad —suspiró ella—. Pero no he querido ofenderte.

Él le agarró la barbilla y ella se estremeció. No solía tocarla si no era en la cama. Y cuando lo hacía, ella no sabía cómo reaccionar.

—No estoy ofendido, más bien estoy preocupado —dijo él sinceramente.

Ella se sintió culpable.

Claudio no había hecho nada mal. Excepto elegir a la mujer equivocada para ser princesa.

—Ha sido un día un poco duro. Eso es todo.

Él le agarró la cara con ambas manos y la obligó a mirarlo.

—¿Por qué? —preguntó.

Ella se lamió los labios, deseando no bajar a cenar con el padre de Claudio. Y lo que más deseaba era que el dolor que sufría fuera el típico que antecedía a la menstruación, no el provocado por otra cosa.

—Me he pasado toda la mañana con representantes de Isole dei Re de una organización femenina hablando de la necesidad de guarderías y de escuelas de párvulos en las islas.

Claudio frunció el ceño como si no pudiera comprender qué le molestaba a ella de aquello.

Ella había tenido muchas reuniones como aquélla, y todas habían ido bien.

–Creí que la esposa de Tomasso se iba a ocupar de eso –replicó él.

–El vuelo en helicóptero entre las islas aumentó las náuseas de Maggie, pero ella no quería postergar la reunión, así que la convencí de que fuera yo en su lugar. Ahora que lo pienso, hubiera sido mejor hacer ir a las delegadas a Diamante para encontrarse con ella.

Claudio bajó las manos y ella sintió un frío interior.

–¿Por qué? Maggie y tú tenéis puntos de vista iguales en ese tema. Ciertamente te has informado suficientemente para poder hablar en propiedad.

–No, según las delegadas. Ellas sintieron que una mujer sin hijos, y peor aún, una mujer que nunca ha tenido que trabajar para mantenerse, no podía comprender los desafíos a los que se enfrentan las madres trabajadoras. Las delegadas creen que Maggie es ideal para este trabajo, y que yo debería mantenerme al margen.

–¿Te han dicho eso a ti?

Él no parecía ofendido por la actitud de las delegadas, sino meramente curioso. No se imaginaba cuánto le había dolido a ella el rechazo de aquellas mujeres.

Se sentía agotada después de aquella llamada telefónica de su médico de Miami.

–Sí.

–Me alegro de que hayas aprendido diplomacia política, entonces –respondió él.

–¿Quieres decir que te alegras de que no las haya mandado al diablo?

Claudio chasqueó la lengua, como si no pudiera imaginársela haciendo semejante cosa.

–Como si fueras capaz de hacerlo... –dijo.

–Quizás lo haya hecho.

–Te conozco. No hay ninguna posibilidad.

–Tal vez no me conozcas tanto como crees.

De hecho, ella sabía que no la conocía bien. Nunca había sospechado que ella se había casado por amor, y no por conveniencia, como habían acordado las madres de ambos.

–¿Lo has hecho?

–No, pero tuve ganas de hacerlo.

–Lo que queremos y lo que nos permitimos hacer rara vez es lo mismo. Y tu control es una prueba de que eres adecuada para tu posición.

Ella se apartó de él y empezó a ponerse las joyas.

–¿Y te preguntas por qué comparo ser una princesa a estar en la cárcel?

–¿Eres desgraciada, Therese?

–No más que la mayoría de la gente –admitió.

Desde pequeña le habían enseñado a ocultar sus emociones. ¡Pero estaba tan cansada de fingir!

–¿No eres feliz? –preguntó Claudio con un tono de sorpresa.

–Dos de las delegadas fueron muy poco sutiles al expresar su opinión de que ya era hora de que yo diera un heredero a la Corona –dijo Therese en lugar de contestar.

–¿Y eso te ha disgustado?

–Un poco.

–No debería. Pronto tendrás buenas noticias en ese sentido.

Ella sintió como si le hubieran echado sal a la herida.

–¿Y si no puedo? –preguntó ella, tanteando un terreno en el que todavía no estaba preparada para entrar.

Claudio puso sus manos encima de sus hombros y la obligó a mirarlo.

–¿Te sientes disgustada porque todavía no has podido concebir? No deberías. Sólo llevamos unos meses intentándolo. El médico ha dicho que las mujeres que han estado tomando la píldora durante un tiempo prolongado pueden tardar más en quedarse embarazadas, pero pronto ocurrirá. Después de todo, sabemos que todo está en orden.

Aquellas palabras la afectaron más aún.

Antes de casarse con Claudio, hacía tres años, él había querido que se hicieran varias pruebas, incluyendo el grupo sanguíneo, y la compatibilidad del esperma de él con la mucosidad del cuello del útero de ella. Claudio también había pedido que se hicieran pruebas sobre sus ciclos fértiles, simplemente para estar seguro.

Como ella había sabido que el motivo fundamental por el que él se iba a casar con ella era para proveer de un heredero al trono de Scorsolini, lo había aceptado sin discusión. Todo había resultado normal. Eran compatibles para concebir, y ella era tan fértil como cualquier mujer de su edad.

La mayor sorpresa para ella había sido saber

que él quería esperar un tiempo para tener hijos. Ella no lo había comprendido. Aún en aquel momento no sabía por qué había querido que esperasen. Pero ahora sabía que cualquier posibilidad de tener niños había terminado.

Ella se apartó. Él pareció molesto. Hubiera querido agarrarla y preguntarle por qué después de tres años ya no quería que la tocase. Pero aquélla habría sido una reacción primitiva y el heredero a la corona de Isole dei Re no podía ser primitivo.

Además, el rechazo físico de Therese no era una novedad. Llevaba meses rechazándolo. Pero cada vez que la veía apartarse de su contacto, él se sentía en estado de shock. Después de dos años de respuestas apasionadas por parte de ella cuando él la tocaba, era comprensible que él se sintiera incapaz de comprender su repentino cambio.

Hasta hacía pocos meses él habría jurado que Therese lo amaba. Ella jamás se lo había dicho, pero durante los primeros dos años lo había demostrado de forma sutil, dejando claro que sentía más que la satisfacción mercenaria de una mujer por un matrimonio bien acordado. Su amor no había sido una de las exigencias de Claudio, así que éste no había puesto énfasis en ese sentimiento... hasta que había desaparecido.

No se trataba de que él necesitase su amor, pero no podía evitar preguntarse adónde se había ido y por qué ella ya no lo deseaba con aquella pasión arrebatadora.

Su rechazo físico había empezado un mes

después de que Therese dejara de tomar la píldora para que pudiera quedarse embarazada. Al principio él lo había achacado a una cuestión hormonal, pero luego la cosa había empeorado.

Algunas veces ella hacía el amor como lo había hecho antes, y él se quedaba tranquilo. Pero luego volvía a aparecer su rechazo.

Últimamente aquello se repetía más y más.

Él no estaba acostumbrado a que las mujeres lo rechazaran, y que lo hiciera su esposa le parecía totalmente inaceptable.

–¿No quieres tener un hijo mío? ¿Tienes miedo de lo que vaya a suceder?

–Sí, quiero tener un hijo tuyo. Más que nada en el mundo. No sé cómo puedes pensar que no lo deseo.

–Entonces no sé por qué te altera tanto esta situación.

La mirada que ella le dedicó no era muy alentadora, pero él siguió.

–Pronto podrás silenciar a esa gente con la realidad de tu embarazo. Y en cuanto a lo de hoy, simplemente haz que las delegadas vayan a reunirse con Maggie.

Ella se recogió el pelo con un clip.

–Y con eso ya está todo arreglado, ¿no?

–Debería ser así. No entiendo por qué reaccionas así. Has tratado con gente bastante más difícil que estas mujeres.

Ella se encogió de hombros y se dirigió hacia la puerta.

Therese era tan hermosa, casi etérea a pesar de sus curvas. Y en momentos como aquél, él sentía como si ella fuera un espíritu intocable. Pero ella era su esposa, él tenía derecho a tocarla.

Él lo hizo, agarrándole el brazo.

Ella se detuvo y lo miró.

—¿Qué?

—No me gusta verte así.

—Lo sé. Tú esperas que no haya ningún tropiezo en tu vida, que todas las personas satisfagan el papel que tú les has otorgado sin cuestionarlo. Tienes una agenda, y tiene que cumplirse. No puede haber sorpresas.

—Me cuesta mucho lograrlo.

—Incluso hasta el punto de casarte con una mujer con todos los requisitos adecuados. Hiciste una investigación sobre mí, y luego tú mismo me probaste para estar seguro de que podía ser una princesa y futura reina. Estoy segura de que jamás has imaginado que yo podría ser una fuente de frustración para ti.

Ella tenía razón, pero él no comprendía la amargura en la voz de Therese.

—Tú eras todo lo que yo podía desear en una esposa. Naturalmente, en mi posición, tuve que asegurarme de algunas cosas, pero tú eras y eres perfecta para mí, *cara*.

Ella se encogió al oír aquel tratamiento cariñoso, del mismo modo que se encogía cuando él la tocaba, como si cualquier alusión a la intimidad entre ellos le hiciera daño. Pero ellos tenían una relación íntima. Eran marido y mujer. No había relación más íntima que aquélla.

Entonces, ¿por qué sentía él que vivían en mundos totalmente separados?

Él tiró de ella e ignoró la rigidez del cuerpo de Therese.

—No tenemos que bajar para la cena, lo sabes, ¿no?

Ella lo miró, sorprendida.

—Tu padre está recibiendo a dignatarios de Venezuela.

—Son sus compañeros de pesca.

—Son diplomáticos oficiales.

—No le importará que le hagamos saber que no iremos. Tenemos formas más interesantes de pasar la noche que escuchando historias de pesca.

—¿Hablando?

—Eso no es lo que tengo en mente.

Ella se apartó y dijo:

—Eso sería una falta de educación por nuestra parte.

¿Tendría un amante Therese con quien compartiese su naturaleza afectiva?, se preguntó él al verla tan fría.

Él sintió rabia al pensarlo. Era lo único que podía ocurrírsele para explicar su actitud distante. Y encima a veces parecía ausente.

Odiaba sentir aquello. Se había casado con ella justamente para evitar aquel tumulto emocional en su vida. Y por ello nunca se había atrevido a poner palabras a sus sospechas. Conocía a Therese más que muchos hombres conocían a sus esposas, y por lo que sabía de su carácter, ella nunca haría algo tan deshonroso como tener una aventura. Ésa era una de las razones por las que se había casado con ella. Therese era una mujer íntegra, pero también había sido muy apasionada...

Si una de las dos cosas cambiaba, ¿cambiaría la otra?

¿Habría algún desconocido a quien dedicase su secreta sensualidad? No podía creerlo de ella, pero aunque pareciera improbable, tenía que saber la verdad.

Llamaría a la agencia de detectives a la que había contratado para hacer la investigación sobre Maggie y pediría una investigación acerca de las actividades y movimientos de Therese durante el último año. Hawke, el dueño de la agencia de detectives internacional, era muy discreto y el mejor en su profesión.

De una forma u otra, llegaría al fondo del misterio del comportamiento de su esposa. Si había otro hombre, él lo averiguaría y manejaría la situación de acuerdo con la información.

La idea logró que una rabia primitiva hiciera presa de él.

Therese se lamentó de rechazar la invitación de Claudio durante la cena. ¿Y qué si lo único que quería era sexo? Podría haber hecho que la escuchase. El problema era que ella no quería. Mientras no se lo dijera a nadie, parte de ella podría seguir fingiendo que su matrimonio no estaba acabado totalmente. Pero aunque hubieran hablado, aunque hubieran hecho el amor y le hubiera hecho un poco de daño, tendría un recuerdo más para su futuro sin él.

En cambio ella había sonreído conversando de temas que no le interesaban en absoluto. Claudio había tenido razón, el Rey Vincente y sus compañeros de pesca estaban demasiado entretenidos con sus historias durante la cena.

Claudio había recibido una llamada telefónica en medio de la cena y había desaparecido para atenderla, dejándola a ella sola. Aunque tampoco había estado muy comunicativo antes. Era el príncipe heredero y no iba a demostrar su desagrado con ella delante de otra gente, pero ella lo había sentido.

Del mismo modo que había sabido que él no volvería a la mesa una vez que se había marchado para atender la llamada telefónica. Con frecuencia, si tenía que elegir, elegía el trabajo en lugar de la compañía. Y aquella noche no sería diferente. Así que cuando llegó la hora del café, ella se excusó.

Había sentido dolor en la cavidad pélvica a pesar de que no era la fecha de su periodo. Cada mes el dolor se hacía más fuerte, y ya no se limitaba a la época de su periodo. Según el médico, eso era típico de su estado, pero ciertamente no era agradable.

Le estaba resultando difícil ocultarle la verdad a Claudio también, pero pronto... no tendría que hacerlo. Le contaría el resultado de la laparoscopia que se había hecho en secreto en un viaje a Miami. Y luego le diría lo que le había dicho el médico que significaba su estado para el futuro y él le diría que su matrimonio se había acabado.

Aquel pensamiento era peor que el dolor de su abdomen. Pero ella se obligó a pensar en el presente, no en el probable futuro.

Tal vez un baño y un analgésico fueran suficientes y no tuviera que tomar esos fuertes calmantes con los que se quedaba atontada todo el día.

Lo curioso era que Claudio no se había dado cuenta. Eso le indicaba lo poco que él reparaba en ella.

¿Cómo podía no darse cuenta un hombre de que su esposa tenía el comportamiento de una drogadicta?

Si él la hubiera querido, aquello no habría pasado inadvertido.

Cuando la bañera estuvo llena, Therese puso aceites perfumados dentro. Se quitó la bata de seda y se metió.

Después de treinta minutos oyó ruidos en el dormitorio.

—Espero que no te hayas dormido en la bañera...

Ella abrió los ojos y el impacto de la presencia de su marido fue como un golpe. Era un pecado que fuera tan guapo.

—No estoy durmiendo. No te irrites.

—Parecías dormida —la acusó.

Su mirada tuvo una intensidad que pareció decirle algo. Ella lo miró con deseo también.

Los analgésicos y el baño caliente hicieron su efecto.

Cuando ella le dijera la verdad y él aceptase que había una sola solución práctica para su futuro, ella tendría que vivir el resto de su vida sin sentir lo que su tacto evocaba en ella, pensó.

—Supongo que no has pensado acompañarme

en la bañera, ¿no? Te lo digo por cuestiones de seguridad... Compréndelo –dijo ella.

Él achicó los ojos.

–¿Es ésa una invitación? –preguntó.

–¿Tú qué crees?

–Creo que no comprendo por qué me has obligado a escuchar historias de pesca si te sentías así –dijo él con tono duro.

Ella ocultó su sonrisa de satisfacción ante la prueba de que por lo menos él la deseaba.

Ella alzó la mirada y dijo:

–¿Quieres decir que no te interesa? –preguntó ella, incrédula–. Tu cuerpo dice otra cosa.

–Quizás mi cuerpo no sea el que tiene el control.

Ella arqueó su espalda. El movimiento la alivió.

–A lo mejor sería mejor que lo tuviera.

–¡Maldita sea, Therese! ¿Qué diablos sucede?

Él nunca juraba delante de ella. Aquello le sorprendió. ¿Y si él no la deseaba? Un hombre podía no ser capaz de controlar la respuesta de su cuerpo, pero no tenía por qué ceder a ella. No si mentalmente no estaba excitado a pesar de lo que deseara su cuerpo.

Él estaba enfadado porque ella lo había rechazado antes. Debía de haberse dado cuenta de que lo estaría, pero normalmente no le daba importancia a su falta de deseo. Él tenía tan poco tiempo para sexo como para conversaciones importantes con ella.

Therese salió de la bañera.

–¿Qué estás haciendo? –preguntó él.

–¿Qué te parece que estoy haciendo? Estoy saliendo de la bañera –dijo ella.

Él hizo un sonido sensual y dijo:

–Quédate donde estás, bruja provocadora.

Y ella se estremeció.

Capítulo 2

NO quería provocarte –dijo ella.

Él se quitó la corbata y empezó a desabrocharse los botones de la camisa.

–¿No? ¡Cómo serás cuando quieres hacerlo, entonces!

Therese se dio cuenta de que él no la estaba rechazando, sino que quería meterse en la bañera con ella.

Sonrió, aliviada.

–¿Estás seguro?

Claudio se bajó los pantalones y en el movimiento arrastró con ellos los calzoncillos, revelando una poderosa erección. Él realmente la deseaba, pero por la expresión de su cara, no se alegraba de ello.

Claudio entró en la bañera y tiró de Therese hacia él, frotando su cuerpo contra el de ella en un gesto evidentemente sexual.

–Yo ya no estoy seguro de nada contigo.

Ella le rodeó el cuello y disfrutó del contacto de sus músculos y su piel cálida.

–Yo creí que tú estabas siempre seguro de mí... en todo.

–¡Ya me gustaría! –él bajó la cabeza y la besó ferozmente.

Había algo que le había molestado y le había hecho perder el control, pensó ella. Su marido, tan civilizado, estaba mostrando un lado básico que siempre había mantenido oculto. Ella dudaba de que él supiera siquiera que lo tenía. Pero no obstante ella siempre lo había sospechado. Lo había vislumbrado algunas veces cuando estaban haciendo el amor, pero aquélla era la primera vez que ella intuía que su control estaba en riesgo realmente. A ella no le importaba. De hecho, le encantaba.

Pasión era lo que ella necesitaba en aquel momento para no pensar en otras cosas.

Ella lo besó también, dejando que la desesperación que sentía se convirtiera en un deseo físico que se igualaba al de él. Claudio emitió un sonido ronco de deseo y la besó más profundamente, penetrando su boca con su lengua, poseyendo totalmente su boca.

Ella le acarició el pecho, y jugó con su vello negro.

Él dejó de besarla y dijo:

–Sí, *cara*. ¡Sabes bien cuánto me gusta eso! ¡Hazlo otra vez!

Ella lo hizo y se inclinó hacia adelante para probar la sal de su piel con la punta de la lengua. ¡Ojalá él hubiera sido capaz de quererla a ella y no sólo querer lo que ella podía hacerle!

Pero no tenía que pensar en eso en aquel momento...

Sus grandes manos asieron su trasero y se levantó para frotar su erección contra la juntura de sus muslos, provocando en ella una punzada de deseo.

gunda cima de placer, tan cerca de la primera que apenas pudo respirar.

Él gritó y ella sintió su calor húmedo dentro, mientras ella tomaba oxígeno estremeciéndose antes de derrumbarse encima de él.

Therese besó su pecho.

–Ha sido maravilloso... –dijo ella.

–Sí. Siempre lo es.

–Sí.

–Entonces, ¿por qué...? –empezó a preguntar Claudio.

Ella lo acalló poniéndole la mano en la boca.

–No digas nada. Disfruta, simplemente. ¿De acuerdo?

Él frunció el ceño.

–Por favor... –le rogó ella.

Claudio asintió con la cabeza.

Ella sonrió y apoyó su cabeza en su pecho otra vez.

–¡Ojalá pudiéramos quedarnos así para siempre!

–Tú me has pedido que no hablemos...

–Sí –ella volvió a besarlo porque no podía refrenarse, y luego se relajó allí.

El deslizó sus manos desde sus caderas hasta su espalda y ella se acurrucó en el círculo de sus brazos. Sus cuerpos aún seguían conectados del modo más íntimo.

En un momento dado él la llevó a la ducha y volvieron a hacer el amor debajo del agua, antes de lavarse y luego acostarse. Ella se quedó dormida en cuanto puso la cabeza en la almohada.

Therese se despertó sola y hundió su cara en la almohada.

La noche anterior había sido increíble.

Claudio la había despertado a primera hora de la mañana y le había hecho el amor con tal ternura, que ella había gritado cuando había llegado a la cima del placer. Él la había abrazado luego, acariciándole la espalda y susurrándole en italiano cuánto disfrutaba de su cuerpo, y lo hermosa que era.

Pero después de tres años ella se daba cuenta de que no bastaba con parecerle hermosa. No era amor, y no podía durar para siempre porque la belleza exterior no duraba siempre. Y la satisfacción sexual no podía compensar su incapacidad para darle la única cosa que esperaba de ella: herederos para el trono Scorsolini.

Era hora de decirle la verdad.

Pero cuando ella bajó se encontró con que él había volado a Nueva York. Ella se había olvidado de su viaje y no sabía si podría esperar tres días para aclarar las cosas entre ellos.

A ella no se le escapó el hecho de que él se hubiera ido sin despertarla y sin darle un beso de despedida. De alguna manera eso empeoraba las cosas. Tal vez porque fuera un indicio de la falta de cercanía entre ellos.

Y no la había. Estaban casados. Pero ella no era más necesaria en su vida que sus empleados. De no ser por el sexo, su relación no habría sido más personal que la relación que él tenía con otra gente.

Y cuando no estaba presente el sexo, no había relación entre ellos.

¿Cuántos viajes de negocios había hecho él mensualmente? ¿Le había pedido a ella alguna vez que lo acompañase?

No.

Era una mujer que le venía bien a él, nada más.

Ella necesitaba ser algo más para él. Sin eso no había futuro para ellos.

Sonó su teléfono móvil y ella se incorporó para atenderlo.

Cuando vio que era Claudio, se quedó sin aliento.

–Buenos días, *bella*.

Aquel tratamiento cariñoso le hizo daño.

¿Ella no era más que una cara y un cuerpo? ¿Su valor dependía de su aspecto físico solamente?

–Buenos días, Claudio –ella esperó a que él le dijera el motivo de su llamada.

–Estoy de camino al hotel y me gustaría que estuvieras conmigo...

–¿De verdad? –su corazón se había detenido.

–Sí. No me gusta que nuestras actividades nos separen.

–Entonces, ¿por qué no me has pedido que vaya contigo?

–Tú tienes tus obligaciones y yo las mías.

–¿Y siempre están primero las obligaciones?

–Debe ser así. Es nuestro deber.

–No es siempre así para Tomasso y Maggie o para Marcello y Danette.

Pero sus hermanos estaban enamorados de sus esposas, pensó ella.

Una de las cosas que más daño le había hecho

en los últimos meses era ver cómo actuaba un príncipe Scorsolini enamorado y darse cuenta de que Claudio se comportaba de otra manera.

—Mis hermanos no son los primeros en la línea de sucesión. Pueden permitirse poner las obligaciones en segundo lugar ocasionalmente. El país no depende tanto de ellos. Y a sus esposas no se les pide lo mismo que a ti, como esposa mía que eres —repitió él lo que tantas veces le había dicho.

—Te echo de menos —dijo ella.

—Llevo fuera menos de un día.

—¿Quieres decir que no me echas de menos? —preguntó ella.

—Te echaré de menos esta noche.

Aquello la hirió.

—En la cama... —dijo ella.

—Se nos da bien... —contestó él.

—¿Sólo eso? —preguntó Therese, por una vez sin disimular cuánto le disgustaba aquello.

—No seas ridícula. Tú eres mi esposa, no mi concubina. ¿Cómo se te ocurre siquiera preguntar eso?

—Tal vez porque ése sea el único lugar donde te dignas a echarme de menos.

—Yo no he dicho eso.

—Perdona, pero sí lo has dicho.

—No te he llamado para que discutamos —dijo él con voz de hielo—. Pero para que lo sepas, no he querido decir eso.

Tal vez él no se diera cuenta, pero lo había hecho.

—¿Por qué has llamado? Ambos sabemos que no ha sido sólo para saludarme...

–¿Qué te ocurre? A lo mejor ésa es la razón por la que te he llamado precisamente.

–No creo...

–Estaba pensando en ti y he querido oír tu voz, ¿de acuerdo? –pareció irritado.

Ella deseó que fuera cierto. Luego pensó que Claudio no mentía conscientemente.

–¿Es verdad eso? –no pudo evitar preguntar Therese.

–No tengo por costumbre mentirte.

–Lo sé. Es una de las cosas que más aprecio de ti.

Su padre le había mentido a ella, a su madre, a todo el mundo... Todo por conveniencia. Y a eso le había llamado diplomacia. Pero ella no creía que esa diplomacia debiera usarse dentro de la familia. Era mejor dejarla para los políticos.

–¿Puedes decir tú lo mismo? –preguntó él.

–Por supuesto. Sabes que no te miento –contestó ella, irritada.

–A lo mejor piensas que no darme información no es mentirme –dijo Claudio.

¿Sabría su secreto?, se preguntó ella.

–No sé qué quieres decir.

Ella se preguntó si no se parecería a su padre más de lo que creía al oírse decir aquello.

–¿Estás segura de ello?

–Nadie dice todo, pero eso no quiere decir que te mienta –dijo ella a la defensiva.

No podía darle la noticia de su infertilidad por teléfono.

–Espero que sea verdad, Therese –suspiró él–. Me está entrando otra llamada. Tengo que irme.

–De acuerdo. Adiós, Claudio.

–Adiós, *bella*.

Therese colgó, pero durante un rato largo no pudo dejar de pensar en aquella conversación. No había sido capaz de decirle la verdad, ni sobre su condición ni lo que planeaba hacer por este motivo.

Él se sentiría aliviado. Seguro.

Pero una parte muy pequeña de su ser tenía la esperanza de que no fuera así, que no quisiera que ella hiciera lo correcto, lo único lógico en aquellas circunstancias.

Marcharse.

–Su Alteza...

Therese levantó la vista para mirar a su secretaria personal, que estaba delante de ella.

Ida había trabajado para su madre, pero ésta había contratado a otra persona más relacionada socialmente cuando Therese se había casado, y ella le había ofrecido el trabajo nuevamente. Era una mujer leal y discreta. Ella era la única persona que sabía su secreto, aparte de su médico de Miami.

–La esperan sus citas de esta mañana.

–Ida... Tengo que ir a Nueva York.

–Pienso que puedo suspender las actividades de su agenda –dijo la mujer sin pestañear–. Si puede ocuparse de la cita de ahora, haré que una criada le haga el equipaje mientras yo empiezo a cancelar citas del día.

–¿Así de fácil?

–Hay cosas que tiene que hablar con el príncipe –dijo Ida amablemente–. Supongo que esas cosas no se hablaron anoche.

Therese agitó la cabeza.

—Eso da prioridad a su viaje a Nueva York.

—Espero que Claudio piense lo mismo.

—Los hombres, incluso los más brillantes, no son nada inteligentes en cuanto a las relaciones.

—¿Incluso hombres brillantes?

—Sí. Incluso diría que son los más brillantes los más torpes con las mujeres.

Therese se rió. Tal vez Ida tuviera razón. No había más que mirar al rey Vincente con Flavia.

—Y recuerde: el matrimonio no es sólo tener hijos.

—El mío lo es —dijo Therese poniéndose seria.

—No lo crea.

Ella deseó compartir la opinión de su secretaria, pero no podía.

Aterrizó en Nueva York aquella noche. Estaba nerviosa.

Se había pasado el viaje pensando qué decirle a Claudio, pero no podía pasar de la primera frase.

Le había pedido al servicio de seguridad que no alertaran a su marido de que ella tenía intención de reunirse con él. No sabía por qué le parecía que el elemento sorpresa jugaría a su favor.

Cuando aterrizó el avión, le habían informado que Claudio estaba en el hotel preparándose para una cena de negocios.

Ella apenas registró la opulencia del hotel cuando el servicio de seguridad la dejó pasar. Estaba demasiado ocupada tratando de controlar sus nervios.

Claudio se estaba poniendo la corbata cuando ella entró en su habitación.

—Hola, *caro*.

Claudio se dio la vuelta.

—Therese... ¿qué estás haciendo aquí?

—Tú me has dicho que te hubiera gustado tenerme aquí.

—Tú no estás aquí por mi llamada de esta mañana —le dijo él, desafiándola a que le mintiera.

—No, no estoy aquí por esa razón. Tenemos que hablar.

—¿Sí?

—Sí —ella intentó ignorar su hostilidad.

—Supongo que tienes que confesarme algo que te pesa en la conciencia desde hace tiempo —agregó él.

Therese no sabía por qué Claudio estaba tan hostil. Tal vez fuera porque ella había cambiado su agenda. A Claudio no le gustaban las sorpresas y lo esperaba una peor aún.

—Algo así —dijo ella.

Claudio siguió con lo que estaba haciendo.

—Tendrá que esperar. Tengo una cena de negocios.

—¿Puedes cancelarla?

—¿Como has cancelado tú todas tus obligaciones para venir a hablar conmigo de algo de lo que podrías haber hablado dentro de tres días cuando volviera a casa?

—Sí.

—Eso no va a suceder.

–¿Sería tan terrible?

–Evidentemente a ti no te lo parece, pero a mí no me gusta que mi esposa deje todas sus obligaciones y que yo haga lo mismo.

–¿Y son las obligaciones lo único que importa en nuestra vida en común?

–Las obligaciones están en primer lugar. Creí que lo habías comprendido.

–¿Es por ello por lo que te casaste conmigo?

–Tú sabes que fue una de las razones por las que decidí que serías una esposa adecuada para mí. Tus padres no podrían haberte educado mejor para la vida de un príncipe.

Recordarle aquello fue doloroso. Nadie sabía mejor que ella con cuánto cuidado la habían educado sus padres. Su padre había tenido esperanzas de que ella se metiera en política, y su madre había decidido vivir sus ambiciones a través de la vida de su hija. A nadie le había importado los sueños que pudiera tener ella.

–El que yo aceptara mis responsabilidades fue lo que te atrajo de mí... y por supuesto el hecho de ser sexualmente compatible contigo –dijo ella.

–¿Habrías esperado de mí que me casara con una mujer que no pudiera ocupar ni comprender el papel de futura reina?

–Tus hermanos no han estado tan preocupados por si sus mujeres eran adecuadas o no –le recordó ella.

–Como te dije anoche, yo no soy mis hermanos.

–No, tú eres el futuro heredero, lo que significa que las obligaciones son lo único importante.

–Tú sabías eso cuando nos casamos. Es algo que no espero discutir.

–Nunca quieres discutir de nada.

–Eres muy perceptiva...

Claudio se puso la chaqueta del esmoquin.

–Es una conversación muy interesante, pero tengo que marcharme si no quiero llegar tarde.

–¿Así simplemente? ¿He volado desde Isole dei Re y tú no quieres tener una importante conversación conmigo por tu agenda?

–No sé cuál es tu problema, pero te sugiero que esperes. Volveré bastante tarde, así que si todavía necesitas decírmelo, hablaremos entonces.

–¿Y si no quiero esperar?

–No te quedará otra opción.

–¿Cuándo he tenido otra?

–Tú elegiste casarte conmigo. Nadie te convenció para que lo hicieras. Y no estoy dispuesto a tolerar que te olvides de tus promesas, ni de tus obligaciones de esposa tan fácilmente como lo has hecho con tus obligaciones de princesa esta mañana.

–Son lo mismo, ¿no crees?

–No –él la miró–. Tú tienes obligaciones personales conmigo que no tienen nada que ver con tu responsabilidad con la Corona.

Él se refería al sexo, ella estaba segura. Pero él se equivocaba. Hasta eso estaba ligado a la Corona, porque se esperaba un heredero.

–Quizás me sienta un poco insegura acerca de todas mis obligaciones ahora mismo.

–Te recomiendo que consigas estar segura para cuando vuelva de la cena esta noche –dijo Claudio, molesto.

—¿Y si no lo estoy?

—Será una noche desagradable para ambos. Pero te advierto, mis armas son y serán siempre superiores a las tuyas.

—¡Eres tan arrogante, Claudio! —suspiró ella—. De todos modos, no estés tan seguro de que mis armas no puedan superar a las tuyas, porque tengo un horrible presentimiento de que sí pueden serlo.

La esterilidad a causa de su enfermedad era una fuerza poderosa para destruir su matrimonio.

Él se puso pálido.

—No tengo tiempo para esto.

Claudio se marchó.

Capítulo 3

THERESE oyó la puerta de la suite como en un sueño, pero se incorporó y se sentó en la cama.

Él nunca le había dicho expresamente lo poco que significaba ella para él, pero la forma en que se había marchado lo dejaba muy claro. Él no tenía tiempo para ella, a no ser que ella estuviera desempeñando su papel de princesa a la perfección, o el de concubina en su cama.

Ella nunca había rehuido sus obligaciones, ni había antepuesto sus sentimientos, y la única vez que lo hacía él le dejaba claro que no toleraría un comportamiento semejante.

Therese sintió ganas de llorar.

No tenía un matrimonio. Tenía una sociedad en la que ella era un socio menor.

—Su Alteza, ¿quiere que le pida algo para cenar? —le preguntó un hombre del servicio de seguridad desde la puerta abierta.

Ella disimuló sus lágrimas.

—No, gracias.

—Si no tiene hambre ahora, puedo pedirle algo más tarde.

—No quiero cenar, gracias —ella tuvo que tragarse un sollozo.

Lo único que quería era que la dejaran sola.

Ella llevaba mucho tiempo ocultando sus sentimientos, y encima en los últimos meses había intentado fingir que los horribles dolores de la endometriosis no existían.

Al principio se había convencido de que se trataba de los dolores del periodo que se habían hecho más intensos por dejar de tomar la píldora. Pero una noche, durante otro viaje de Claudio, se había desmayado por los calambres, y cuando se había despertado en el suelo del cuarto de baño había descubierto que estaba en un charco de sangre.

Y entonces había decidido averiguar qué le estaba sucediendo.

Había pedido hora con su médico de Miami, una costumbre que había iniciado desde que tenía que proteger tanto su intimidad por su posición.

El médico le había ordenado una laparoscopia. Ambos ovarios estaban afectados, y aun después de una operación para quitarle todo, sus posibilidades de quedar embarazada eran menos del diez por ciento. Incluso con fertilización in vitro no había garantías.

Aquél no era el tipo de problema con el que el príncipe Claudio había contado cuando a ella le habían hecho la prueba de fertilidad. El futuro rey tenía la responsabilidad de dar un heredero al trono. Y después de ver cómo había reaccionado la prensa y la familia Scorsolini cuando se habían enterado de la supuesta esterilidad de Marcello, Therese sabía que no había ninguna esperanza de que su orgulloso marido pasara por aquello por ella.

Si la hubiera amado, sería diferente. Pero todo habría sido diferente.

Claudio podría ofrecerle seguir casado, pero ella sabía que él deseaba otra cosa. Y ella no quería ser un peso para él.

Decidió tomar una ducha, y abrió el agua totalmente para llorar hasta agotarse.

Ella había tenido esperanzas de formar una familia feliz cuando se había casado, una familia como ella no había tenido, y que Claudio llegase a amarla.

Ella había querido ser madre. ¡Lo había deseado tanto!

¿Por qué había querido esperar él? ¿Por qué? No era justo.

Si ella se hubiera quedado embarazada al principio de su relación, la endometriosis posiblemente ni siquiera hubiera aparecido.

Pero ahora ya no había nada que hacer.

Ella había querido tener un hijo, un heredero de los Scorsolini, sabiendo que éste tendría un mundo de amor, no sólo de obligaciones Que tendría algo más en la vida que su posición. Había querido rectificar los errores que sus padres habían cometido con ella. Había querido darle una oportunidad al amor, sabiendo que sus hijos la amarían, aunque su padre no la amase.

¿No había amado ella a sus padres aunque éstos le hubieran hecho daño?

Y ella habría sido una buena madre, una madre cariñosa.

Lloró amargamente, y se agotó de llorar antes de quedarse dormida.

Se despertó en algún momento con el ruido de la ducha. Miró el reloj de la mesilla y vio que eran las nueve. Intentó comprender qué significaba aquello. Era más temprano de lo que había esperado que volviera Claudio.

Pero no era posible que él hubiera cambiado sus planes por ella.

La ducha dejó de sonar y Claudio entró en la habitación, completamente desnudo, secándose el pelo con una toalla blanca. Se inclinó para encender la lámpara de su mesilla, y la luz iluminó su piel bronceada.

Therese sintió deseo físico.

Claudio dejó la toalla a un lado y la miró.

—Estás despierta —dijo cuando vio que Therese abría los ojos.

—Has vuelto.

—Evidentemente.

Ella ignoró su sarcasmo.

—¿Cómo fue la reunión?

En realidad no le importaba, pero no se le ocurrió decir otra cosa.

—Como esperaba —dijo él.

—No me sorprende.

—¿Qué quieres decir?

—Que eres muy bueno para conseguir lo que quieres.

—No soy egoísta.

—No he dicho que lo seas.

—Entonces, ¿qué querías decir con eso?

—Nada.

—Roberto me ha dicho que no has cenado.

—Comí en el avión.

–Un café con dos galletitas no es una cena –respondió Claudio frunciendo el ceño.

–No he querido nada más.

–Saltarte comidas no es bueno para la salud.

–No pasa nada porque no cene un día.

–¿Estás indispuesta? Si es así, no deberías viajar –dijo él sin preocupación realmente.

–No te preocupes. No voy a contagiarte de gripe ni de nada. No estoy enferma.

–Esperaba que estuvieras despierta cuando volviese, pero no lo estabas.

–No sabía cuándo volverías...

–No son más que las nueve –dijo él, como si aquélla no fuera hora de irse a la cama.

Y probablemente no lo fuera para él. Claudio necesitaba dormir menos que nadie, pensó ella.

–Estaba cansada.

–¿Pero no estás enferma?

–No.

–¿Estás segura?

–Sí

–¿Estás embarazada?

–No.

–¿Estás segura?

–Totalmente.

–¿Entonces este comportamiento extraño es por las hormonas?

Seguramente las hormonas eran parcialmente responsables de aquellos desequilibrios emocionales.

–Si te complace pensar eso, entonces, sí.

–No hay nada que me complazca de esta situación –respondió Claudio.

–Lo siento.

–No quiero una disculpa. Quiero una explicación. Tú has dicho que tenías cosas que decirme, pero he vuelto a la suite y te he encontrado durmiendo.

–¿Es delito eso?

–No, pero no comprendo tu comportamiento.

–¡Dios mío! Debería ceñirme al pequeño espacio que me has asignado en tu vida... –comentó ella.

–No he hecho nada para merecer tu sarcasmo.

–Excepto negarte a escucharme.

–En el horario que te convenía a ti. Ahora estoy aquí. Listo para escuchar.

Ella lo miró. Sintió ganas de llorar. Iba a echarlo de menos, y no podía negar que en parte lo echaría de menos físicamente.

Therese suspiró.

–Me doy cuenta de que ha sido una tontería volar hasta aquí para hablar contigo. Esperar tres días no iba a cambiar las cosas. Ni siquiera estoy tan segura ahora de que valga la pena tener la charla que quería tener.

Tenía que contárselo, pero después de su agotamiento emocional en la ducha, no tenía fuerzas para hablar con él.

–¿Por qué? –preguntó Claudio.

–Hay cosas que no se pueden cambiar.

Aunque ella quisiera que cambiasen.

–¿Y qué cosas son ésas?

–Prefiero no hablar de ello ahora –admitió Therese.

Claudio rodeó la cama, se puso a su lado y tiró de ella para que se incorporase.

–Es una pena, porque yo sí quiero hablar.

–No puedes hacer lo que quieres siempre –dijo Therese.

–No creo que lo haga.

–Yo creo que sí.

Claudio la agarró más fuertemente.

–Deja de jugar y dime por qué diablos estás actuando de forma tan extraña –dijo él con impaciencia.

Ella supo que tendría que hablar.

Y finalmente lo aceptó. Ella había empezado aquello y tenía que terminarlo aunque lo postergase. Lamentaba su precipitada decisión de ir a Nueva York. Se le hizo un nudo en la garganta, y supo que no podría empezar a hablarle de su enfermedad, incluso haciendo un esfuerzo por distanciarse del asunto.

Había una sola cosa que ella podía decir.

Y no estaba segura de cómo decirla.

–Tenemos que divorciarnos –dijo de repente.

Él la miró con furia y la soltó tan violentamente que ella casi se cayó.

–¡Desgraciada!

Ella jamás lo había visto tan enfadado y tuvo miedo.

–Yo... tengo que decirte...

–Para divorciarte tendrás que pasar por encima de mi cadáver –la interrumpió Claudio.

Ella abrió la boca, pero no pudo decir nada, no le salían las palabras. Todo aquello le dolía demasiado.

Aunque fuera terrible la reacción de Claudio a su demanda de divorcio, no podía decirle la verdad, porque era como etiquetarla como un fracaso total como mujer.

Y su despiadada reacción la confundía más.

Para él aquello sería la disolución de un contrato. Nada más.

Para ella, aquello era el fin de todo.

A no ser que su matrimonio fuera más importante para él de lo que ella pensaba y que por ello él reaccionase de aquel modo.

¿Podría ser así?

Sintió esperanza. ¿Y si había malinterpretado su actitud desde el principio?

Pero no debía engañarse. Ella sabía cómo actuaban los hombres de la familia Scorsolini cuando estaban enamorados. Lo había visto en sus hermanos menores.

Sin embargo, él estaba actuando como si el fin de su matrimonio realmente le importase.

—¿Por qué estás tan enfadado? –preguntó ella en un susurro casi.

Él la miró, furioso.

—¿Acabas de pedirme el divorcio y me preguntas eso?

—Sí –ella estaba temblando de miedo y anticipación por su respuesta.

—Tenía ciertas exigencias para buscar esposa, tú lo sabías –dijo él entre dientes.

—Sí.

—Una de ellas era que fuera una mujer que comprendiera la importancia de la obligación y el sacrificio de la felicidad personal por el bien de mi país.

—¿Estabas sacrificando tu felicidad personal casándote conmigo? –preguntó, herida.

Ella siempre se había preguntado si él quería una mujer diferente, una mujer más dinámica y excitante. Una mujer que no fuera la princesa ideal, pero que lo igualase en la feroz pasión que se escondía debajo de la sólida superficie de sus obligaciones.

—La felicidad nunca fue algo a considerar.

Ella se sintió herida.

—Para mí, sí. Yo era feliz por casarme contigo. Te deseaba más que nada en el mundo.

—Pero ahora quieres divorciarte. Tu deseo por mí, esa felicidad de la que hablas, no duró mucho. Ni tres años. ¿Qué no te di que te haya prometido?

—Nada.

—Entonces, yo no he hecho nada para romper nuestro matrimonio, ¿no?

—No.

—Y comprendes también que te casaste con la idea de que era para toda la vida, ¿no es verdad?

—Sí, por supuesto.

—Entonces comprenderás que no voy a permitir que rompas un compromiso para toda la vida, ¿no?

—A veces ocurren cosas que hacen imposible cumplir un pacto.

—No en nuestro matrimonio.

—Sí, en él también. Yo...

Ella no podía hablar.

—No lo digas. No te dejaré marchar.

Therese lo miró.

—No puedes hablar en serio... —dijo.

Él se apartó de ella.

—No vas a irte de mi lado y convertirme en el

segundo soberano en la historia de los Scorsolini que se divorció. ¿Lo entiendes? –dijo con tono cortante–. No voy a permitir que me conviertas en el hazmerreír entre mis colegas.

Finalmente ella comprendió. No era su corazón lo que estaba implicado en aquello, era su orgullo. Él no la necesitaba a ella. Sólo necesitaba seguir casado para no quedar en ridículo.

Ella sintió rabia.

–¿Es eso todo lo que te importa? ¿Que la gente te compare con tu padre?

Él se dio la vuelta para contestarle.

–Mi padre rompió sus promesas de matrimonio. Yo no he roto las mías. No voy a dejar que te divorcies de mí simplemente porque quieres romper las tuyas...

–No tengo elección.

–Todos tenemos elecciones. Estás eligiendo mal. Tú me prometiste un heredero para que me suceda en el trono. ¿Qué me dices de eso?

Ella se sobresaltó.

–Yo no quiero esto, créeme.

Pero él la miró con odio.

Unos golpes sonaron en la puerta y ella se sobresaltó.

–Marchaos –dijo Claudio con tono brusco.

Ella jamás le había oído aquel tono.

–Su Alteza, es extremadamente urgente.

Claudio dijo algo en italiano. Luego se puso la bata con gesto contrariado. Abrió la puerta y dijo:

–¿Qué ocurre?

Ella no comprendió lo que dijo el hombre de seguridad, pero oyó a su marido jurar.

–Claudio, ¿qué ocurre? –preguntó ella.

Pero él agitó la cabeza y abrió más la puerta. Se detuvo un momento y dijo:

–Seguiremos con esta conversación.

El hombre de seguridad miró a Claudio con cara de preocupación y a Therese con expresión de curiosidad antes de seguir a su jefe a la otra habitación.

Ella se preguntó qué podía ser más importante que el fin de su matrimonio, pero debía tratarse de algo muy importante para que los miembros de seguridad lo interrumpieran contra sus expresos deseos.

Therese recordó cuánto le había gustado saber a él que ella había sido criada en la idea de que el matrimonio era para toda la vida a pesar de las diferencias personales. El deber era lo primero, y último.

Lo que era justamente el motivo por el que ella le había pedido el divorcio.

Therese se hundió en uno de los sillones que había en un rincón. Estaba agotada. No podría haber manejado peor la situación. En lugar de contarle su casi cierta esterilidad, le había dicho que tenían que divorciarse. Aunque eso fuera cierto, no era la primera cosa que tendría que haberle dicho.

Él creía que ella quería divorciarse, lo que no estaba más lejos de la verdad. La obligación le hacía renunciar al hombre al que amaba por su bien y el de su país. Sus últimas palabras antes de marcharse lo decían todo. Él necesitaba herederos. Ella no podía dárselos.

¿Por qué la vida era tan dura? ¿Qué había hecho mal para que le ocurriese aquella desgracia?

Su médico le había dicho que no era nada personal, que montones de mujeres sufrían de endometriosis. Pero a ella le parecía algo personal.

Sobre todo cuando los resultados de la enfermedad estaban destruyendo su vida.

Estaba perdiendo el control de sus emociones. Su padre se habría sentido avergonzado de su comportamiento. Pero él nunca se había sentido orgulloso de ella. Ella lo había defraudado al no meterse en política.

Los psicólogos decían que las mujeres tendían a casarse con hombres como sus padres, y ella se daba cuenta de que su marido la valoraba tan poco como su progenitor.

Pero lo que era cierto era que le debía a Claudio una explicación.

Ella se quedó esperándolo con impaciencia. De pronto lo vio entrar con un gesto que jamás había visto en su rostro.

–Vístete –dijo.

Capítulo 4

QUÉ? ¿Por qué ¿Él la echaba de la habitación porque ella le había pedido el divorcio? No tenía sentido.

—Tenemos que volar a Lo Paradiso inmediatamente.

Ella saltó del asiento.

—¿Ocurre algo malo? —preguntó.

—Mi padre ha tenido un ataque al corazón.

—¡No!

No el Rey Vincente, rogó ella.

—¿Cómo está?

—Está estable pero requiere una operación con un bypass. Está ingresado. Está solo, sin familia que lo acompañe, porque a ti se te ha ocurrido venir aquí por capricho.

—¿Dónde está tu hermano?

—De camino, ahora que lo he llamado. Papá no ha querido llamarlo, y sólo ha aceptado que me llamen cuando ha estado estable. Si tú hubieras estado allí, esto no habría pasado.

—No puedes culparme de que tu padre haya tenido un ataque al corazón.

—No, pero si tú hubieras estado allí, te habrías puesto en contacto con mis hermanos y conmigo a pesar de los deseos de mi padre. Él no podría haberte ordenado no llamarnos como si fueras una criada.

—¿Estás seguro de eso?

—Sí, lo estoy. Lo habrías hecho aun a escondidas de papá.

—Pero se han puesto en contacto ahora.

—¿Y si él hubiera muerto? ¿Y si es peor de lo que me dice a mí?

—Yo no podría haber controlado eso, y estoy segura de que ya has hablado con el médico y sabes cuál es la gravedad de su estado.

—Lo he hecho, y no es leve. Deberías haber estado allí –repitió él.

—No eres justo. Sabes que yo sentí que tenía que venir. Necesitaba hablar contigo.

—Sobre la ruptura de tus promesas. Y luego decidiste que la charla podía esperar. Actuaste caprichosamente y mi padre ha pagado por ello. Cometí un gran error pidiéndote que te casaras conmigo –dijo con desprecio Claudio.

Pero ella estaba demasiado furiosa con él como para que le dolieran sus palabras.

—Comprendo... Pero todavía hay cosas que tengo que decirte.

—No quiero escucharlas.

—Tienes que hacerlo.

Él la miró con desprecio.

—Me iré de aquí dentro de diez minutos. Si quieres venir conmigo, vístete.

Siguieron enfadados en el vuelo a Lo Paradiso.

Ella había sido la esposa perfecta durante dos años, pero un solo acto que él no aprobaba borraba todos los sacrificios hechos en todo en ese tiempo en que ella había antepuesto sus obligaciones y responsabilidades a sus deseos y sentimientos personales.

¿No merecía ella como esposa suya un poco más de comprensión?

Mirando hacia atrás, ella se daba cuenta de cuánto se había preocupado por él y de lo que él necesitaba y qué poco se había preocupado de ella Claudio.

¿Era ella masoquista?

Se había pasado toda la vida tratando de complacer a otra gente. Primero a sus padres, cada uno de los cuales tenía un plan diferente para su vida.

Ella recordaba a Maggie diciendo que Tomasso había hecho lo mismo. No con estas palabras, por supuesto, pero ella había comprendido lo que Maggie había querido decir. Después de todo, Therese conocía a los hombres de la familia Scorsolini. A ella le había sorprendido el comportamiento de Tomasso sobre todo porque para ella había sido obvio que él quería a Maggie desde el principio. Él la amaba, y nadie de la familia podía dudarlo. Ahora, no. Ni nunca, en opinión de ella.

Pero Claudio no la amaba ni la había amado cuando la había cortejado con vistas a casarse. Él la había besado y acariciado con pasión, provocando en ella una apasionada respuesta que había aprendido a aceptar, pero que al principio la había sorprendido y aterrado por su intensidad. Sentirse tan a merced de los deseos de su cuerpo había chocado con su necesidad de control y con el modo en que la habían educado: reprimiendo cualquier emoción profunda.

La verdad era que ella probablemente no hubiera dejado que el amor hacia Claudio floreciera de no haber sido por aquella sensualidad latente que él desataba en ella. Había roto todas sus barreras emocionales y había dejado su corazón desnudo a su influencia.

Ahora pagaría el precio de su debilidad.

La vulnerabilidad siempre tenía un precio. ¿No se lo habían dicho sus padres acaso aunque con diferentes palabras?

No obstante, ella no había podido evitar enamorarse del príncipe con corazón de piedra.

El precio de aquel amor era su corazón destrozado.

La enfermedad del rey Vincente había agregado tristeza. Ella quería a su suegro de un modo como no había podido querer a su padre. Pero el rey Vincente la había aceptado como su padre no lo había hecho. Él admiraba su fuerza femenina y se lo había dicho. Disfrutaba de su compañía y también le decía eso.

Había sido su aliado durante tres años, y si lo perdía, se moriría de pena. Además, significaría que la necesidad de Claudio por un heredero sería mayor.

Claudio había dicho que su padre estaba estable, pero ella sabía lo impredecible de una dolencia de corazón.

Aunque las acusaciones de Claudio eran injus-

tas, si ella hubiera sabido que la salud de su suegro estaba en riesgo, habría esperado a que regre-
sara su marido de Nueva York para hablar con él.

Porque ella quería mucho al rey Vincente, que
era mejor padre para ella que su padre biológico.

Y para colmo ella seguía destrozada por la
conversación que había tenido con Claudio.

No podría soportar una guerra silenciosa con
su marido. Aunque una vez que le explicase lo de
su endometriosis al menos terminaría aquella terrible hostilidad hacia ella. Claudio se sentiría
muy decepcionado, la vería como un fracaso de
mujer, pero ya no estaría furioso con ella.

Además, era posible que no pudiera ocultarle
la agonía física que le producía la endometriosis
durante su periodo. Cada mes era peor, y hasta
que se operase seguiría así. Aunque a Claudio no
le gustaría oír la verdad, no podía ser peor que el
hecho de que él creyera que ella lo dejaba por
motivos egoístas.

Con una mezcla de rabia y de necesidad de
sinceridad, Therese se acercó y se sentó junto a
Claudio.

–Claudio... –dijo.

Él la miró.

–¿Qué?

–No quiero agregar más problemas al tema de
tu padre, pero...

–Entonces, no lo hagas.

–¿Qué?

–Vas a decirme por qué quieres divorciarte,
¿no?

–Sí

—No lo hagas.

—Pero tengo que hacerlo.

—No quiero oírlo.

—Pero...

—Te daré el divorcio, si quieres, Therese. Pero no hasta que la salud de mi padre se estabilice lo suficiente como para que soporte la idea de que su querida nuera va a marcharse. Hasta entonces continuaremos la farsa de nuestro matrimonio. *Capice?*

—No, realmente no comprendo —dijo ella—. Creí que antes de divorciarme de ti tendría que matarte.

—He cambiado de parecer.

—Ya lo veo, pero, ¿por qué?

—Tú no eres la única que se ha aburrido de esto, pero yo no habría hecho nada debido a mis obligaciones, lo que seguramente te parecerá una estupidez.

Ella recibió el golpe.

—Yo no he dicho nunca que esté aburrida —afirmó Therese.

—Pero yo sí lo estoy. La verdad es que me alegro de darte el divorcio, pero como te he dicho... Tendrá que esperar, por la salud de mi padre. Supongo que puedes aceptar esa limitación, ¿no?

—¿Quieres el divorcio? —preguntó ella.

—Eres hermosa, Therese, pero un hombre necesita más que una cara bonita y modales absolutamente impecables en la mesa para el proyecto de una vida entera juntos. Cuando empezaste a rechazarme en la cama, tu valor a mis ojos disminuyó peligrosamente. Como te he dicho, yo no lo habría planteado porque hice una promesa, y la cumplo. Pero no lucharé por un matrimonio que en realidad no quiero.

–¿No quieres estar casado conmigo? –preguntó ella.

–¿Por qué te sorprende tanto? A ti te pasa lo mismo.

–¿A mí...?

–Y ni siquiera tienes la fuerza de carácter como para decirlo. Es gracioso. Yo siempre había pensado que tú sentías algo más. Pero no fingiré una pena que no siento.

–Pero antes...

–Fueron palabras dictadas por mi orgullo. No reaccioné de acuerdo a lo que realmente quería.

Ella sintió un nudo en el estómago por la pena. Se levantó y dijo:

–Entonces, supongo que no hay nada más que decir.

–Nada que yo quiera oír.

Ella asintió.

Claudio observó a su esposa caminar, insegura, nuevamente hacia su asiento y deseó romper algo. Maldita sea, ¿por qué Therese tenía que parecer tan destrozada? Ella había sido quien le había pedido el divorcio. Ella era la que había encontrado a otra persona.

Y había querido contárselo. Como si contarle los detalles pudiera suavizar su infidelidad.

Él había comprendido la necesidad de su madrastra de dejar a su padre, pero jamás había comprendido que llegase a divorciarse. No se había vuelto a casar. Entonces, ¿por qué divorciarse? ¿Para qué ensuciar el nombre de la familia real por nada?

¿Por principios?

Él nunca había imaginado que Therese pudiera hacer algo así. En su arrogancia, había pensado que él le era suficiente. Pero se había equivocado. Entonces, ¿por qué parecía destrozada por las palabras de él?

Él las había pronunciado para salvar su orgullo cuando se había dado cuenta de que ella le iba a contar lo de su amante. No estaba orgulloso de mentir, era un hombre sincero, pero no se retractaría.

La mentira más grande que le había dicho a Therese era que se había aburrido de ella. Él la seguía deseando aunque ella lo rehuyera. Le sorprendía que hubiera sido capaz de decirle aquellas palabras, sobre todo porque estaban muy lejos de la verdad.

Su matrimonio no había sido sólo sexo, aunque éste había sido un tema importante. ¿Para qué hombre no lo era? Pero ella le había creído, lo que le hacía pensar que sólo lo veía como un cuerpo y una forma de satisfacer las ambiciones de su madre.

¿Quién sería el nuevo hombre? No un don nadie por supuesto. No le costaría averiguarlo con su detective privado Hawke.

Pero no sabía qué haría con esos datos luego...

El deseo de venganza hervía en su interior.

Sería fácil ser un obstáculo para su felicidad. Con negarle el divorcio ya estaba.

Él no quería seguir en una relación que no

quería, pero no era verdad que no quisiera seguir casado. No sabía si podría volver a tocarla sabiendo que la había tocado otro hombre, pero tampoco sabía si podía dejarla marchar.

Y esa idea lo enfurecía más aún que la infidelidad de Therese.

Llegaron a Lo Paradiso un poco después de la una de la madrugada y fueron directamente al hospital.

Therese había intentado dormir en el avión, pero no había podido. Estaba demasiado afligida tanto por las palabras de Claudio como por el ataque al corazón del rey Vincente. Ambas cosas habían sido peor que saber de su endometriosis y su alta probabilidad de esterilidad.

Saber que Claudio estaba aburrido de ella había sido terrible...

La había destruido.

Cuando llegaron al hospital Claudio le agarró el brazo para impedirle que saliera de la limusina.

—Therese...

—¿Qué?

—Mi familia ya tiene suficiente estrés...

—Sí.

—No quiero causarle más estrés con la noticia de nuestra ruptura.

—Por supuesto.

—Espero que te comportes como siempre lo has hecho conmigo.

—Estoy segura de que no tendremos problema en mantener las apariencias —lo miró—. No tenemos un matrimonio como el de tus hermanos. Nadie espera que seamos cariñosos el uno con el otro.

Therese salió de la limusina y se colocó su máscara pública. Esperó a Claudio para caminar con él hacia el hospital.

¿Cuántas veces había caminado con él y había deseado que él le pusiera el brazo alrededor de los hombros o que hubiera tomado su mano?

Pero él no lo había hecho nunca.

Entraron en el edificio abriéndose paso entre un tumulto de periodistas y flashes de cámaras de fotos.

Un hombre rompió la barrera de seguridad y le preguntó:

—¿Qué significaría para usted que muriese el rey Vincente, princesa Therese? ¿Desea ser reina?

Therese hizo un esfuerzo por permanecer imperturbable ante semejante pregunta, y se encogió al ver que otro periodista se había acercado con la cámara.

Pero de pronto Claudio la protegió de los periodistas con su fuerte brazo alrededor de sus hombros, y su voz dando órdenes al servicio de seguridad pidiéndoles que no dejasen acercarse a los paparazis.

Una vez que estuvieron dentro del hospital y la puerta de hierro sólido se cerró tras ellos, Claudio la soltó como si no pudiera soportar estar tan cerca de ella ni un segundo.

Caminaron por el pasillo del hospital en silencio. El director del mismo fue a su encuentro y los condujo a una zona expresamente acondicionada para la familia del rey.

Claudio habló con el médico, pero cuando ella vio que el hombre no decía nada nuevo sobre su suegro, dejó de prestar atención.

En algún sitio de aquel edificio su suegro estaba luchando entre la vida y la muerte, y ella no se quedaría tranquila hasta que el rey no estuviera totalmente fuera de peligro.

Capítulo 5

MAGGIE apareció corriendo hacia Therese en el momento en que Claudio y ella traspasaron el arco que conducía a la sala de espera.

Maggie miró a Therese y al ver su rostro la abrazó.

–Se pondrá bien. Necesita un bypass, como sabrás, pero es un hombre fuerte. Se pondrá bien.

Therese se dejó abrazar por su cuñada, agradeciendo el contacto físico sincero, al contrario que el de su marido, fingido para la prensa.

–No sé qué haré si muere –susurró Therese.

No estaba acostumbrada a decir lo que sentía, y se sorprendió al oír sus propias palabras.

–No se va a morir, cariño. No hables así –Maggie palmeó a Therese en la espalda como si estuviera consolando a un niño, y ésta sintió unas lágrimas deslizarse por su rostro.

No recordaba cuándo había sido la última vez que alguien había notado que ella tenía sentimientos, que la había tocado para consolarla. Claudio no, ciertamente. Él actuaba como si su corazón fuera de hierro. Sus padres tampoco la habían consolado de pequeña. Ella supuestamente tenía que ocultar todo temor y todo sentimiento.

Therese se separó de Maggie.

—¿Podemos verlo?

—Tomasso está con él ahora. El rey está durmiendo en este momento, pero puedes verlo. Está pálido, pero está recuperándose lentamente. De verdad.

Therese asintió y luego se dio la vuelta para ir a la habitación del rey Vincente, sin esperar a ver si su marido la seguía.

Claudio la siguió.

Ella abrió la puerta de la habitación y entró.

Había una luz tenue detrás de la cama, y el rey yacía inmóvil, su rostro normalmente bronceado estaba pálido.

—Parece tan débil… —dijo Claudio con emoción.

—Sí, pero se pondrá bien —dijo Tomasso desde su silla.

Y Therese se encontró rogando en su interior: «Por favor, Dios mío. Que se ponga bien».

Tomasso se acercó a su hermano y suspiró:

—Habéis conseguido venir rápidamente.

—Era necesario.

—Lo van a operar mañana por la mañana.

—Marcello y Danette estarán aquí para entonces.

—Sí, Flavia también.

—¿Va a venir?

—Danette la llamó para darle la noticia en cuanto se enteró y Flavia ha querido volar con ellos.

–¿No afectará un vuelo tan largo a Danette? –preguntó Claudio con sincera preocupación.

Therese sintió envidia.

Tomasso sonrió.

–Según Marcello, ella insiste en que está embarazada, no enferma. Maggie dice lo mismo.

–Maggie no se encuentra bien con su embarazo. Me sorprende que la hayas dejado volar.

Tomasso suspiró con una mezcla de emociones en su expresión. Era evidente que la salud de su esposa le preocupaba.

–No hubo manera de detenerla, pero quiero llevarla de vuelta al palacio para que descanse cuanto antes.

–Sí –dijo Claudio. Se acercó a la cama de su padre, tocó su brazo y agregó–: Es una suerte que Danette no tenga muchas náuseas.

Therese se sorprendió de sus palabras, porque seguramente no era lo que Claudio estaba pensando.

–Se pondrá bien, créeme, Claudio –dijo Tomasso, adivinando la preocupación de su hermano a pesar de su comentario sobre Danette.

Claudio no dijo nada, estaba totalmente concentrado en su padre.

Tomasso palmeó a su hermano en la espalda y se marchó de la habitación.

Therese se acercó a Claudio y acarició la mejilla del rey Vincente. Estaba tibia.

Luego, quitó la mano y se alejó al otro extremo de la habitación a rogar con fe incierta.

Tomasso volvió y susurró algo a Claudio. Éste asintió y le respondió. Y su hermano se marchó.

Claudio la miró.

—Tomasso y Maggie se vuelven al palacio. Tomasso quiere que Maggie descanse y ella no se marchará sin él.

—Me alegro de que él quiera marcharse entonces.

—Le he dicho que tú irías también.

—Preferiría quedarme aquí.

—Ése es mi lugar.

—También es el mío.

—No después de lo de anoche.

Ella sintió como si él le hubiera dado un bofetón.

—Yo quiero al rey Vincente, lo sabes. Quiero quedarme aquí contigo.

—Tú necesitas descansar —contestó Claudio.

—No voy a dormir. No he podido hacerlo.

—No seas tonta. Ve a casa y vuelve por la mañana —se oyó decir desde la cama.

Therese se estremeció al oír al rey.

Atravesó la habitación y se acercó a su suegro.

—Rey Vincente...

—¿Cuántas veces... —el rey hizo una pausa para tomar aliento— te he dicho que me llames papá?

—Yo...

—No es mucho pedir, ¿no crees? —dijo Claudio con voz controlada que disimulaba una rabia que no quería que su padre descubriese.

Ella nunca se había sentido cómoda llamando «papá» a su suegro, y ahora se sentía más incómoda. Pero no podía negarle un ruego tan sencillo.

—Lo siento, papá, pero quiero quedarme contigo.

—Necesitas descansar.

—Necesito estar contigo.

—No discutas con él, está enfermo —dijo Claudio.

—Lo sé. Pero también sé que ésta es una forma de conseguir lo que quieres tú —lo acusó Therese.

El rey se rió débilmente, sus ojos azules brillaron con fatiga.

—Ésta es mi nuera. La horma del zapato de mi hijo.

Therese hizo un esfuerzo por sonreír a pesar de que las palabras de su suegro la habían herido, porque supuestamente Claudio la acusaba de no ser una mujer adecuada para él.

—Por favor, ¿no me dejarás quedarme contigo? —rogó Therese a su suegro.

—Hay cosas que debemos hablar mi hijo y yo. Por si acaso. Y más tarde no descansaré si estoy preocupado porque no has descansado.

—No hables como si te fueras a morir, por favor.

—Todos debemos enfrentarnos a la muerte, tarde o temprano.

—Pero yo quiero que sea más tarde. Tomasso dice que te pondrás bien. Y los médicos también lo dicen.

El rey se encogió de hombros débilmente.

—La cirugía tiene un alto porcentaje de éxito, pero siempre hay un riesgo. Será como Dios quiera que sea.

—No creo que sea tu hora.

–Yo tampoco, *cara*, pero sería un descuido por mi parte no arreglar cuestiones de último momento con mi heredero.

Therese miró a Claudio. Éste le devolvió la mirada. En otros tiempos, cuando sus miradas se encontraban, ella veía en sus ojos el reconocimiento del lugar que ella ocupaba en la vida de él. Pero ahora no había nada.

–Ve a casa y descansa. Me harás un favor –dijo el rey con tono arrogante y de autoridad a pesar de su fragilidad.

–Me marcharé –dijo ella.

Llevaba toda una vida aprendiendo a ser diplomática, y a prometer cosas sin hacerlo.

Se marcharía, pero sólo de la habitación del hospital.

–Bien.

Therese se inclinó y lo besó en ambas mejillas.

–Que te mejores, papá. Por el bien de todos.

–Haré todo lo posible.

–Estoy segura de que lo harás –se dirigió a Claudio y agregó–: Te veré luego.

Y abandonó la habitación.

Therese se marchó a la sala de espera donde sabía que estaban los demás, y animó a Tomasso y a Maggie a marcharse.

Luego, se acomodó en un sofá. Quería estar cerca del rey si la situación empeoraba.

Se acurrucó en el sofá y miró la televisión de reojo.

Se despertó con el sonido de voces. Claudio, su hermano Marcello, la esposa de éste, Danette, y Flavia estaban hablando en voz baja como si intentasen no despertarla.

Therese se incorporó. Una chaqueta que le habían puesto como manta cayó de sus hombros. La fragancia de Claudio y la tibieza de su cuerpo la envolvió, consolándola. Él debía de haberla encontrado allí y debía de haberla tapado.

Claudio se giró para mirarla.

—No te has marchado al palacio.

—Yo no he dicho que lo haría.

—Has dicho que te marcharías.

—Y lo he hecho. Me he marchado de la habitación del hospital.

—Pero no del hospital.

—No.

—¿Por qué?

—Quería estar aquí por si pasaba algo.

—Sabes que papá y yo creímos que te marcharías con Tomasso.

Ella se encogió de hombros.

—No soy responsable de las suposiciones de dos hombres arrogantes que piensan que los demás tienen que hacer lo que dicen ellos.

Flavia se sonrió.

—Así se habla, Therese. No dejes que este hijo mío crea que te domina totalmente.

—No hay posibilidad ninguna de eso —dijo él.

Therese sabía que Claudio estaba diciendo más de lo que decía.

—Me alegro de oírlo. Te pareces demasiado a tu padre. Te crees que controlas el mundo que te rodea. La vida no funciona así, como habrá aprendido Vincente por primera vez en su vida, quizás.

—Es más que consciente de ello, créeme —dijo Claudio.

—¿Y tú, hijo mío?

—Conténtate con saber que ambos sabemos el poco valor que tiene nuestro deseo.

Flavia lo miró, preocupada.

—Lo siento, Claudio. Los momentos como éstos son difíciles. Pero Vincente se pondrá bien. Créelo.

—Espero que tengas razón.

—Siempre tengo razón, lo que pasa es que los hombres de esta familia son un poco lentos en comprenderlo a veces.

Danette se rió mientras ambos hermanos Scorsolini sonreían pícaramente. Ninguno de los dos iba a herir a Flavia discutiendo con ella.

—Quisiera ver a Vincente —dijo Flavia.

—Sí, por supuesto —respondió Claudio—. Ahora está durmiendo, pero es posible que se vuelva a despertar. Se alegrará de verte al lado de su cama.

Marcello asintió.

—Yo me quedaré también.

—En ese caso, acompañaré a nuestras esposas al palacio. Parece que es la única forma de que Therese vuelva a descansar —dijo Claudio.

—¿Cuándo será la operación? —preguntó Therese.

—Dentro de cinco horas.

—Quiero estar aquí.

—Entonces volverás conmigo al palacio y descansarás un poco.

—No necesito que me digas lo que tengo que hacer.

–Prefiero quedarme aquí, con Flavia y Marcello –dijo Danette antes de que Claudio pudiera contestar.

Marcello rodeó la cintura ensanchada de su esposa y le dio un beso en la sien:

–Estás embarazada, *cara mia*. Tienes que descansar tanto por ti como por el bebé. Por favor, vuelve al palacio con mi hermano.

Therese se preguntó si Claudio habría sido alguna vez tan tierno con ella, aun estando embarazada.

Ella quería mucho a Danette, pero no podía evitar sentir envidia por su embarazo.

Danette se giró en brazos de Marcello y lo besó en los labios delante de todo el mundo.

–Si eso es lo que quieres realmente, pero, ¿estás seguro de que no quieres que me quede para acompañarte?

–Gracias, preciosa. Te lo agradezco, pero me sentiré mejor sabiendo que te estás cuidando –luego la besó sin preocuparse de la gente.

Therese no pudo evitar comparar el modo en que Danette y Marcello se relacionaban con la forma en que se relacionaban Claudio y ella. Jamás se habría atrevido a besarlo así en público.

Y pensándolo bien, en tres años posiblemente podía contar con los dedos de una mano las veces que lo había besado fuera de la cama.

Lo que sí había hecho había sido reaccionar apasionadamente cuando él tomaba la iniciativa para hacer el amor. ¿Se habría aburrido porque ella le había resultado demasiado fácil?

Miró nuevamente a Danette y a Marcello.

¿Qué pasaba con ella que no inspiraba amor en la gente que se suponía que debía quererla?

La envidia era un sentimiento que ella no quería sentir, pero mirando a su cuñada embarazada y amada por su esposo, no podía evitar sentirla.

Se puso de pie y la chaqueta se cayó al suelo.

—Toma —le dijo a Claudio después de recogerla.

Al sentir el contacto de su mano se echó atrás y se chocó con el sofá.

—Therese, ¿estás bien, cariño? —preguntó Flavia, preocupada.

—Sí. Sólo estoy cansada —dijo, reprimiendo las lágrimas—. Esperaré en el coche.

Y sin tener en cuenta la etiqueta por primera vez en su vida de adulta, se marchó sin decir adiós a nadie.

Therese estaba en silencio al lado de Danette en el coche que iba hacia el palacio. Sólo hablaba para responder a las preguntas de ésta. A Claudio lo ignoraba.

Claudio había tenido que convencer a Flavia de que ésta no siguiera a Therese cuando se había marchado. Su madrastra estaba preocupada por ella. Él había sospechado que su estado no tenía que ver solamente con la situación de su padre.

Había intentado disimular su rabia con ella por el bien de su padre.

Flavia y su padre adoraban a Therese y él sabía que sufrirían al saber que habría un divorcio. Ella no querría hacerles daño, porque también los

adoraba, pero se lo habría tenido que pensar antes
de involucrarse en una relación con otro hombre.

Claudio aspiró la fragancia de su chaqueta.
Olía a ella, y eso lo excitaba. Habría extendido su
mano y la habría estrechado en sus brazos... Pero
eso era imposible en aquellas circunstancias. Aun
si ella no le hubiera pedido el divorcio y confirmado sus peores sospechas. Él no se regodeaba
en demostraciones públicas de afecto. Su digni-
dad como futuro soberano del trono de Scorsolini
le exigía ser circunspecto en su actitud con su esposa.

Pero ver que a su hermano menor no le importaba que lo vieran demostrándole cariño a su esposa le hacía sentir una punzada en su corazón.

Y estaba casi seguro de que aquello había im-
pactado también a Therese. Si no hubiera sido
por las revelaciones suyas de la noche anterior,
habría jurado que ella se había sentido herida por
que él no actuase así con ella. La había observado
mirar a sus hermanos y esposas con interés en los
últimos dos meses.

¿Había ido en busca de un hombre que fuera
más afectuoso que él? El pensamiento hería su
ego y su seguridad. Pero, ¿podía un hombre que
tenía que ocultar su relación con ella darle demostraciones de afecto en público?

Porque la relación que ella tenía con ese hombre era secreta.

Se había pasado el tiempo del vuelo repasando
el último año, tratando de ver qué podía haber pasado. Y no había llegado a ninguna conclusión.

Pero debía dejar de torturarse. Dejaría el tema

en manos de un detective. Y luego se enfrentaría a los resultados como un hombre.

Como se había enfrentado a la posibilidad de la muerte de su padre, sin quejarse, sin rechazar aceptar lo que semejante hecho significaría para su vida. Le habían enseñado desde que era niño a tratar las cuestiones desde la perspectiva de heredero de la Corona. Él tenía más responsabilidad que ninguno de sus hermanos y eso afectaba a todos los aspectos de su vida, incluido su matrimonio.

Él siempre había sabido que gobernaría Isole dei Re. Había aceptado ese deber y todo lo que implicaba en cada momento de su vida. Nunca se había rebelado contra lo que su lugar en el orden dinástico había dictado. No había habido necesidad de hacerle promesas a su padre de que las satisfaría en caso de que ocurriese lo peor y no sobreviviera a la cirugía.

Ambos hombres tenían confianza en que Claudio era adecuado para el papel. Él había crecido sabiendo lo que significaba ser heredero. Era un príncipe destinado a ser rey.

No obstante habían hablado de asuntos políticos, como su padre le había dicho a Therese, circunstancias familiares y asuntos personales.

Su padre le había revelado algunas cosas que le habían sorprendido, pero nada le había chocado más que saber que todavía estaba muy enamorado de Flavia.

Había amado a la madre de Claudio, pero se había enamorado profundamente de Flavia. Y eso le había hecho sentir muy culpable, como si le

hubiera sido infiel a su primera amada esposa, sobre todo cuando Flavia se había quedado embarazada de Marcello. Hasta entonces había tenido el
consuelo de saber que su relación con Flavia era
meramente sexual.

Pero entonces se había visto obligado a casarse con ella y a reemplazar a su primera esposa.
Había tenido una mezcla de sentimientos de pena
y culpa que habían marcado los primeros años de
matrimonio. Él había sido incapaz de pronunciar
las palabras de amor necesarias a Flavia porque
no había podido admitir aquellos sentimientos.

Él había sabido que no le había demostrado
sus sentimientos a Flavia y esto la había herido,
pero él se había convencido de que no podía hacer nada para mitigar aquello.

Los sentimientos en su interior habían crecido
hasta que se había sentido desesperado por encontrar un modo de negarlos.

Finalmente, en un estado de confusa tristeza,
tanto por lo que había perdido como por el estado
de su matrimonio, el rey había traicionado su promesa de fidelidad. Flavia se había enterado, y si
bien ella había estado decidida a sufrir de amor
no correspondido, se había negado a tolerar la infidelidad.

Demostrando que ella no había sido criada
para anteponer el deber por encima de todo, Flavia se había llevado a los tres niños a la casa de
sus padres, en Italia, y había pedido el divorcio.
Avergonzado, el rey Vincente Scorsolini no había
hecho nada para evitar que su esposa se divorcia-
ra de él.

Claudio no sabía qué hacer con las revelaciones de su padre, ni por qué se las había hecho. Pero sabía que su padre había aceptado finalmente su amor por Flavia y que estaba dispuesto a actuar en consecuencia.

Y si conocía a su padre tan bien como creía, los días de soltera de su madrastra estaban contados.

Siempre que el rey Vincente sobreviviera a la cirugía.

Capítulo 6

CUANDO llegaron al palacio, Therese salió del coche y caminó junto a Claudio, casi sin mirarlo, hasta sus apartamentos privados. Eso le molestó a él. Ella todavía era su esposa, aunque no quisiera serlo.

Cuando entraron, él le dijo:

—Deberías haber venido con Tomasso y Maggie.

—No quería —dijo ella con aquella voz que aun entonces afectaba su libido.

¡Maldita sea! Ella era todo lo que él quería en una mujer... excepto que era infiel.

Pero, ¿había sido infiel?

Aquella idea lo enceguecía.

—Me he dado cuenta.

—Quería estar allí si pasaba algo —contestó ella mientras se quitaba los zapatos y caminaba a través de la sala con las medias puestas.

Ella seguía sin mirarlo, y eso le irritaba a él cada vez más.

—Era igual que estuvieras presente o no.

—Eso no es lo que dijiste en Nueva York.

—Estaba enfadado.

—Y lo estás pagando conmigo, lo noté.

—No me gusta la idea de que duermas en un sofá en la sala de espera. Estabas tan dormida, que ni te diste cuenta de que había entrado yo en la habitación.

Ella se había acurrucado envuelta en su chaqueta susurrando su nombre...

¿Cómo era posible que hiciera eso si deseaba a otro hombre?, pensó Claudio.

Estaban en el dormitorio en aquel momento, y ella buscó el camisón en un armario.

—El servicio de seguridad estaba de guardia todo el tiempo —dijo ella.

Él se había quitado la corbata y se quitó la chaqueta, que aún conservaba la fragancia de Therese.

No comprendía por qué él la deseaba más que nunca en aquel momento. Debería sentir rechazo a tocarla, pero tal vez quisiera poseerla y dejar sellado que ella era suya de algún modo.

—Ésa no es la cuestión.

—No tiene sentido discutir sobre ello ahora —comentó Therese, yendo al cuarto de baño—. Lo hecho, hecho está.

¿Se suponía que era así como ella veía su relación con él?

—Acordamos que nos presentaríamos como una pareja unida frente a la gente.

—Sí, pero eso no quiere decir que vaya a hacer todo lo que me digas como un perrito.

—¡Mírame, maldita sea! —explotó él.

Ella lo miró, sus ojos verdes se clavaron en él, desafiantes.

—Nunca te he tratado de este modo.

—No hablemos de cómo me has tratado. Ya no importa —respondió Therese.

—¿Quieres decir que tu deseo de divorciarte tiene que ver con el modo en que te he tratado durante nuestro matrimonio?

Aquella idea jamás se le había ocurrido a él.

Claudio sintió una punzada de esperanza, a pesar de lo desagradable de aquel pensamiento.

—No te he pedido el divorcio por el modo en que me has tratado. Si te acuerdas, yo no te pedí el divorcio.

—No te pongas a discutir cuestiones semánticas conmigo. Dijiste que teníamos que divorciarnos.

—Así es.

—¿Pero no por cómo te he tratado?

—No.

Una sola circunstancia haría que una mujer tan consciente de su obligación como Therese quisiera divorciarse: ella tenía que estar enamorada de otro.

El amor hacía tontos a los más sabios. No había más que mirar a su padre. Su amor por Flavia había surgido cuando él estaba enamorado todavía de su fallecida esposa. Lo había atormentado, y por ello había terminado traicionándose a sí mismo y a Flavia.

La idea de que Therese pudiera amar a otro hombre le provocaba un sentimiento de celos tan fuerte, que lo volvía loco.

—Te agradecería que te hicieras una prueba de embarazo.

—Eso no será necesario.

—El que tengas el periodo no es garantía de que no estés embarazada.

—Y si estuviera embarazada, ¿estarías aburrido de mí? ¿Aceptarías de tan buen grado el divorcio? —preguntó ella sarcásticamente.

El orgullo le impidió ser sincero con ella, así que no contestó.

—Ella suspiró. Eso es lo que yo he pensado. Estoy segura de que no estoy embarazada. Dejémoslo ahí.

—¿Has hecho algo para no quedarte embarazada? —preguntó él con desconfianza.

—No.

—Entonces el riesgo existe. Te harás una prueba formal.

—Si eso es lo que quieres...

—Lo que yo quiero tiene poco que ver con esta conversación.

—Bueno, no se trata ciertamente de lo que quiero yo.

—Si llevas a un hijo mío en el vientre, no habrá divorcio.

Era justamente lo que ella había pensado. Sintió mucha pena.

Por su hijo, Claudio sería capaz de aguantar a una mujer que lo había aburrido.

—Lo que tú digas —dijo ella, cansada.

—Debes estar muy segura de que no estás embarazada, porque la perspectiva de perder tu libertad no parece preocuparte.

—Tal vez porque mi libertad no me preocupa.

—Pero me has dicho que no has tomado nada para impedir el embarazo.

—No lo he tomado.

—¿Y cómo estás tan segura entonces?

–No miento. Estoy segura.

–La única prueba que tienes el periodo. Eso no es prueba suficiente.

–No tengo el periodo.

–Pero dijiste...

–Que estoy segura de que no estoy embarazada –lo interrumpió–. Conozco mi cuerpo y sé que me va a venir el periodo. Las señales están ahí –incluido el dolor de la endometriosis, pensó.

–Como te he dicho, tu periodo no es garantía.

–Te he dicho que me haré las pruebas. No comprendo por qué tenemos que discutir por esto. ¿Podemos dejar esta conversación ahora? Quiero cambiarme e irme a la cama.

–Sí. Has aceptado hacerte las pruebas. Y también me dijiste que deseabas mucho tener un hijo mío. No sé qué creer. No comprendo.

Ella sintió ganas de llorar.

–Deseaba tener un hijo tuyo.

Todavía lo deseaba.

–¿Tiempo pasado?

–¿Qué esperas? Ninguna mujer querría saber que está embarazada de un hombre que está aburrido de ella y de su matrimonio.

Al menos, no debería ser así.

–Yo ya no sé qué esperar de ti, Therese. No te comprendo. Creí que te conocía bien, pero he descubierto que me he equivocado.

–¿Y qué diferencia hay? Estás aburrido de lo que conoces. Eso has dicho –Therese se apartó y corrió al cuarto de baño, cerrando la puerta tras ella.

No quería que él viera en su mirada el daño que le hacían sus palabras.

Se quitó la ropa y se metió en la ducha. Abrió el grifo y el agua fría le llegó desde varias direcciones hasta que empezó a caldearse.

De pronto se dio la vuelta y descubrió a Claudio en la puerta del cuarto de baño.

—He decidido no esperar para ducharme.

—Vete —le dijo ella.

—¿Por qué? Hemos hecho esto muchas veces.

—Pero ahora todo es distinto.

—Todavía eres mi esposa.

—Sólo temporalmente.

—Eso has dicho.

—Y tú estuviste de acuerdo. Tú has dicho que querías... el divorcio —comentó ella con tristeza poco disimulada.

—Quizás hablé sin reflexionarlo. No estoy aburrido de todos los aspectos de nuestra relación, *cara*. Todavía, no.

¿Se suponía que eso la haría sentir mejor?

No lo hacía, y tampoco lo hacía su mirada de deseo.

—¿Quieres sexo? —preguntó ella totalmente sorprendida.

—¿Por qué te sorprende tanto? Es algo en lo que somos muy buenos.

—Pero has dicho...

Él había dicho que su valor como pareja había mermado mucho desde que ella lo rechazaba, no que no la deseaba más.

—¿Yo he dicho...?

—Cosas que me hirieron.

—¿Y el que me hayas pedido el divorcio no me hirió a mí? —preguntó él.

¿Lo había herido? Probablemente. Y entonces, ¿por qué quería sexo ahora? No tenía sentido.

—No comprendo —contestó Therese.

Claudio la miró achicando los ojos.

—Bienvenida al club.

—No puedes desearme.

—En eso estás equivocada, Therese. Muy equivocada —Claudio se agachó y la besó sensualmente.

Sus labios se amoldaron a los de ella, sus manos se deslizaron por su cintura para tirar de ella hacia su cuerpo desnudo y excitado.

Ella estaba tan anonadada por aquel giro de los acontecimientos, que no pudo hacer nada, ni rechazarlo ni aceptarlo.

Claudio levantó la cabeza y la miró con pasión.

—¿Qué ocurre? Tú solías reaccionar rápidamente.

¿Cómo podía preguntar algo tan estúpido?, pensó ella.

—Eso era antes...

—¿Antes de decirme que teníamos que divorciarnos?

—Sí, no creo...

La mano húmeda de Claudio cubrió su boca.

—No quiero que pienses. Porque entonces tengo que pensar yo, y no quiero hacerlo. No quiero pensar en nada —le pidió.

Y ella comprendió. Si no hubiera estado tan cansada, probablemente habría anticipado aquello. Claudio necesitaba consuelo. Su padre estaba en una cama de hospital, tenía un futuro incierto, y su fuerte marido no podía admitir su miedo.

El asunto era qué iba a hacer ella con todo aquello.

Pero de pronto pensó que ella también necesitaba consuelo.

Claudio no la amaba. La salud del rey Vincente estaba en riesgo, y eso también la angustiaba. Y aun si sobrevivía a su operación, si ella se divorciaba de Claudio, perdería el contacto con todos los Scorsolini. Todo eso la hundía en la pena.

Todo su mundo estaba a punto de derrumbarse, un mundo con gente a la que ella quería, aunque en algún caso su cariño no fuera correspondido.

Pronto viviría una vida apartada de todo aquello. Sería reemplazada en su labor y sus proyectos relacionados con la Corona...

Sus cuñadas darían a luz en su ausencia, y eso le dolía...

Flavia y Vincente finalmente volverían a estar juntos y ella no sería testigo de ello...

Ella tendría que llenar su vida con actividades, pero los vientos de la soledad ya estaban soplando en su alma.

Y lo peor, algún día Claudio se volvería a casar y tendría hijos que no serían de ella.

Claudio la miró a los ojos.

—Te deseo, *cara*. Si fueras sincera contigo misma, admitirías que tú también me deseas.

Ella siguió la mirada de Claudio. Sus pechos

mostraban unos pezones duros como cerezas. Estaban ávidos de su tacto bajo su mirada.

A su mente acudieron recuerdos de sensaciones: su boca y sus manos en sus zonas erógenas... Aquellos recuerdos la atormentaban.

Ella sintió deseo, su piel latió con el anhelo de tenerlo dentro.

Pero tanto su dolor como su deseo físico surgían de su amor por él. Daba igual que él no le devolviera aquel amor. Era una parte demasiado importante de ella como para rechazarlos.

De pronto dijo con angustia:

—Sí, te deseo.

Claudio la besó y la apretó contra su cuerpo. Sus labios la devoraron y su cuerpo duro y masculino le demostró su deseo.

Ella respondió con la misma pasión, acariciándolo como si fuera la última vez. Y se deleitó en su piel sedosa y prieta, y en su vello oscuro, tan diferente todo a su propio cuerpo.

Deslizó sus manos por encima de músculos perfectos, tratando de memorizar su cuerpo.

No sabía cómo iba a hacer para vivir el resto de su vida sin aquello...

Sintió ganas de llorar, pero se reprimió las lágrimas. El agua caliente disimulaba su tumulto emocional. Su mano acarició la dureza de Claudio, y sus uñas tocaron el vello que nacía en ella. Él tembló y emitió un ronquido de deseo.

Era increíble cuánto amaba ella aquellos sonidos. Era adicta a ellos. Había pasado horas en la cama con él prestando atención a sus reacciones, para poder tener más y más.

Claudio le acarició los pechos y las zonas sensibles que él conocía tan bien. Era como si supiera que aquél era un momento especial, una oportunidad única que podía no volver otra vez. La tocaba con tanto cuidado, excitándola hasta derretirla... Y ella emitió sus propios sonidos de deseo, gemidos y quejidos que se mezclaban con los golpes del agua.

Iba perdiendo el control poco a poco hasta transformarse en una masa temblorosa llena de deseo femenino. Ella gritó contra sus labios y se movió contra el cuerpo de Claudio pidiéndole más. Acarició su cuerpo masculino con todo el ardor que sentía dentro.

El sonido de los gemidos de Therese volvía loco a Claudio. Ella siempre había sido increíblemente receptiva... cuando le dejaba tocarla, pero en aquel momento había algo especial en su reacción que nunca había habido antes. Su cuerpo tembló, pero siguió acariciándolo.

Therese lo acariciaba con feroz desesperación, como si no lo hubiera tocado antes, o como si no fuera a tocarlo nunca más.

Pero él no quiso ahondar en aquel pensamiento. Aquel deseo no se sofocaba haciendo el amor una vez.

Ni cien veces.

Su tímida y comedida esposa estaba prácticamente trepando su cuerpo en un intento de unir su cuerpo al de él. Estaba totalmente fuera de control y él dudó que ella pudiera dar a otro hombre una sola fracción de aquella pasión.

Quizás ella creyera que deseaba a otro, pero

era él quien podía tocar el centro de su alma simplemente con una mano en uno de sus senos.

Siempre había sido así desde la primera vez que la había tocado.

Su conexión sexual era demasiado intensa para ser aplacada, demasiado primitiva para ser explicada o comprendida en un nivel intelectual.

Quizás ella se hubiera apartado un poco de él en los últimos meses, pero cuando dejaba que él se acercase a ella... se derretía. Tal vez no tan espectacularmente como en aquel momento, pero definitivamente demasiado intensamente como para que él pudiera creer que ella deseaba a otro.

De ninguna manera podía desear a otro y responder a él de aquel modo tan primitivo. Su esposa, no. Porque era una mujer que se había pasado la vida reprimiendo sus reacciones emocionales. Iba contra todo lo que sabía de ella.

A no ser que estuviera pensando en el otro hombre mientras la tocaba él... Excepto si ella lo usaba para aplacar un deseo que no podía satisfacer de otro modo.

No sabía de dónde le había salido aquel pensamiento. Pero fue una bomba.

No, maldita sea. No podía creer eso.

Pero tenía sentido, en una mujer que le pedía el divorcio y que luego hacía el amor como si fuera a morirse si él no la tocaba.

Claudio apartó su boca de la de ella mientras la levantaba para acomodarla de forma que pudiera hacerle el amor.

Tenía que poseerla, aunque desconfiara de ella. Pero no podía permitir que lo utilizara.

–Di mi nombre... Pídeme que te posea...

Ella abrió los ojos.

–¿Qué?

–¿Quién soy? –dijo él.

–*Amore mio*.

Aquello fue como un golpe para él. ¿Era así como lo llamaba a su amante? ¿O estaba diciendo que él era su amor?

Podía contar con los dedos de una mano las veces que Therese lo había llamado así, y en los últimos meses no lo había hecho nunca.

–Mi nombre, dilo –insistió Claudio.

Ella lo miró con una mezcla de pena y de excitación y dijo:

–Claudio, mi príncipe.

Luego se inclinó para besarlo con desesperada pasión, devorando su boca antes de besar su mejilla hasta que se detuvo en su oreja y susurró:

–Ámame, Claudio. Por favor. Quiero que seamos uno. Aunque sea por un rato.

Su voz tenía una cualidad extraña, como si no se tratase sólo de sexo lo que estaba pidiendo, pero él no sabía qué más quería. Él podía darle sexo. De hecho se moría por dárselo.

Claudio acomodó el cuerpo de Therese para poseerla y entró en ella.

Therese gritó y echó atrás la cabeza con expresión de agonizante felicidad.

Él gimió, con un sonido totalmente primitivo.

–Es tan formidable poseerte...

–Es perfecto... Es maravilloso tenerte dentro –gimió ella mientras él salía y volvía a entrar.

Ella pensó que se iba a morir de placer...

Era tan increíble sentirlo dentro...

Claudio y ella habían hecho el amor muchas veces y de muchas formas, pero nunca antes como ahora.

No había cama ni pared que los sujetase, como otras veces que habían hecho el amor en la ducha, sólo el deseo animal.

Era como si estuvieran en un mundo totalmente aparte de todo lo normal. El vapor los rodeaba mientras el agua caliente caía sobre sus cuerpos, apretados en una placentera intimidad.

Ella gimió cuando él empujó dentro e inundó aquella zona especial de placer dentro de ella.

—Así está bien, *mi moglie*, muéstrame este lado que nadie conoce de ti —Claudio besó su cuello, succionando, mordiendo, lamiendo, estremeciéndola con aquellas sensaciones.

Ella rodeó su cuerpo con sus piernas y lo montó. Él se adentró en ella, y ella lo recibió, mientras él agarraba sus caderas y su trasero para controlar sus movimientos.

Abrió los ojos y vio que él tenía la cabeza echada hacia atrás, en un gesto de abandonado placer. Ella se inclinó hacia delante y le mordió el pecho en un acto primitivo, que la sorprendió aun en medio de aquella pasión.

Claudio incrementó el ritmo y la fuerza de sus empujes. Era tan intenso, que ella sintió que estaba a punto de desintegrarse.

La tensión formó una espiral dentro de ella, y un placer intenso se fue formando y ascendiendo. Y entonces su cuerpo se convulsionó alrededor de él y gritó su nombre.

Él la agarró más fuertemente y ella lo rodeó con sus brazos, apretándose contra su cuerpo, que era la única sensación de realidad en un universo que había explotado de placer.

Y Claudio se quedó callado cuando llegó a la cima del éxtasis, apretando los dientes en un gesto de placer que decía más que cualquier palabra.

Capítulo 7

MÁS tarde, él la envolvió con su cuerpo y la aplacó con palabras amables y tiernas caricias en la espalda hasta que los sollozos que ella no se había dado cuenta que estaba emitiendo cesaron. Su cuerpo se relajó lentamente, hasta descansar en sus brazos, abandonada totalmente.

Él la abrazó un momento. Sus cuerpos seguían unidos, sus piernas entrelazadas, y ella pensó que una vez no era suficiente para aquel hombre, aunque el acto de hacer el amor entre ellos hubiera culminado en un placer increíble que la había dejado totalmente agotada.

Finalmente él la separó y empezó a lavarla con manos suaves, tocándola en cada centímetro de su piel como si quisiera decir: «Mía. Mía. Y esto es mío también».

Ella intentó devolverle las caricias, pero sus manos eran torpes. Después de un rato, él cerró los grifos mientras seguía sujetándola.

Ella se apartó para que pudieran secarse. Pero entonces él la ayudó. La apretó contra su cuerpo y la acompañó a salir del cuarto de baño. El camisón de Therese quedó olvidado en el suelo.

Subieron juntos a la cama y ella fue a sus brazos, deseosa, y cerró los ojos, tan cansada que se quedó dormida inmediatamente.

Se despertó horas más tarde con un beso en la sien.

–Despiértate, *cara*. Debemos darnos prisa en vestirnos o no llegaremos al hospital antes de que lleven a papá a la sala de operaciones.

Ella se incorporó. A pesar de haber hecho el amor con él, había tenido sueños inquietantes y no había descansado. Sintió dolor en su abdomen y deseó haber seguido durmiendo. Porque era un modo de evadirse de la realidad a la que tenía que enfrentarse.

Iba a tener pronto el periodo, aunque no era regular en aquel momento en que ya no tomaba la píldora. Pero ella sabía que el dolor iba a ser más intenso cada día hasta que empezara el periodo, y que sería insoportable mientras lo tuviera.

Claudio estaba medio vestido. Miró por encima de su hombro mientras se ponía la corbata.

–Muévete, Therese.

Ella asintió. Se levantó de la cama.

–Pero no tienes que venir si no quieres. Después de la pasada noche, creo que podemos olvidarnos de hablar de divorcio.

–¿Quieres decir que ya no te aburro?

–¿Y todavía lo preguntas después de lo ocurrido en la ducha? –preguntó él con una sonrisa malévola.

Ella no sonrió. El episodio de la ducha había sido increíble, pero también habían pasado el resto de la noche abrazados. Y él no mencionaba eso.

El sexo era lo único que valoraba. Era lo único que quería de ella.

—La pasada noche no cambia nada —comentó ella, apartando la mirada.

Él juró y ella lo miró.

Claudio se puso el abrigo y dijo con sus ojos marrones duros como granito:

—No me digas que todavía piensas que es necesario el divorcio. No puedo creérmelo.

—Eso es lo que estoy diciendo —admitió Therese.

La miró como si la odiase pero no dijo nada.

Siguió vistiéndose y, cuando terminó, se marchó de la habitación.

Therese se vistió lo más rápido que pudo, luchando con sus dolores. Y lo siguió.

Lo encontró abajo, dando instrucciones al secretario de su padre y al suyo.

—Los demás nos esperan en el coche —dijo Claudio.

Luego despidió a los empleados y caminó hacia la parte trasera del palacio donde estaría aparcado el coche.

—Claudio.

—No me hables, Therese —la acalló.

Él la odiaba.

Siguió así el resto de la mañana. Cuando estaban solos, no disimulaba su hostilidad, y cuando estaban rodeados de gente, intentaba mantener una fachada de relación normal.

El rey salió bien de la operación, y que cuando Flavia se ofreció a quedarse con él, éste aceptó, encantado, y mandó al resto de la familia a casa con una dosis de arrogancia.

A pesar de que su suegro mejoró notablemente, los siguientes días fueron un tormento para Therese. Tanto mental como físicamente.

Claudio se quedaba en la suite de ellos para guardar las apariencias, pero se apartaba de ella en la cama. Tampoco le hablaba cuando estaban solos, excepto de sus respectivas obligaciones.

Incluso se marchaba si veía que ella iba a decirle algo personal. Eso cuando estaba en casa. Lo que no era a menudo.

Claudio siempre había tenido una agenda muy apretada, pero ahora era peor, porque tenía que ocuparse de sus responsabilidades y de las de su padre. Y no podía dejar de lado ninguna de ellas. Siempre había dormido poco, pero ella se preguntaba si en aquel momento dormiría siquiera.

Sus hermanos intervenían de vez en cuando, pero como heredero que era, la mayoría de las decisiones recaían sobre él.

A pesar del rechazo de Claudio, ella lamentaba que él estuviera pasando aquella situación, y deseó muchas veces haber esperado a que terminase todo aquello para haberle planteado el divorcio.

Su petición de divorcio había herido su orgullo y mancillado su ego, y Claudio era incapaz de aguantar una herida así.

Ella hubiera querido explicarle que no era falta de afecto, pero el dolor de su endometriosis y el atontamiento resultante de las medicinas que tomaba para paliarlos le quitaban la energía para hablar de aquello.

Lo único que podía hacer era vivir cada día como le fuera posible.

Muchas noches las pasaba sola, llorando en la cama.

Como había predicho el médico, los dolores de aquel mes fueran peores que los del anterior.

Sus propias obligaciones no desaparecieron por la crisis familiar, sino que aumentaron, y tenía que pasar parte del día en el hospital, donde ponía su mejor cara.

Visitó al rey Vincente y se aseguró de que Flavia no se cansara demasiado cuidando al rey. Y luego cuando volvía a casa se preocupaba por Claudio.

Una noche se encontró con Claudio cuando estaba saliendo de la habitación del hospital.

Lo notó cansado, pero cuando él la vio, se puso la máscara de hombre invencible.

—Necesitas descansar —dijo ella en lugar de saludarlo, poniéndole una mano en el brazo.

Él la quitó, frunciendo el ceño.

—Estoy bien.

—No, no lo estás. Todo el mundo dice que te estás exigiendo demasiado, pero nadie sabe qué hacer.

—No hay nada que hacer. Es mi deber ocuparme de mi país mientras mi padre está enfermo.

—Tus hermanos...

—Tienen sus responsabilidades.

—Están preocupados por ti

Él la miró.

—¿Te pidió alguno de ellos que hablases conmigo?

—Ambos.

—Me he imaginado que no podía ser genuina preocupación por tu parte.

–Tú me preocupas, Claudio.

–Claro... –dijo con ironía–. Y ahora, si me disculpas. Tengo sólo veinticinco minutos para estar con mi padre...

–¿Vienes a casa después?

–No.

–Tienes que dormir en algún momento.

–¿Es eso una invitación a tu cama? –preguntó Claudio.

Ella puso cara de desagrado involuntariamente al pensar en compartir su cuerpo tan íntimamente mientras tenía tanto dolor.

Claudio la miró con dureza.

–Bueno, eso lo dice todo, ¿no?

–No –ella le agarró el brazo antes de que se fuera–. Por favor, Claudio, escúchame.

–No tienes nada que decir que yo quiera oír –respondió él mirando su mano.

Ella sintió una punzada de dolor y se apoyó en la pared.

–De acuerdo. Te veré más tarde –dijo ella, haciendo un esfuerzo por moverse.

Claudio la observó marcharse con una mezcla de rabia e incomprensión. Therese se comportaba como si su actitud realmente le hiciera daño, pero era ella quien quería el divorcio. Quien le había dicho que lo quería aunque hubieran pasado una noche tan increíble.

Ella lo estaba usando simplemente.

Esa idea le hizo más daño que todo lo demás. Estaba que explotaba de rabia.

Se alegraba de tener tanto trabajo en aquel momento, porque le daba la oportunidad de descargar la energía generada por sus emociones.

No quería que sus hermanos se preocupasen, pero no tenía intención de aminorar su ritmo.

Su padre y su país lo necesitaban, aunque su esposa no lo hiciera.

Therese se despertó con un dolor terrible aquella noche y con la sensación de algo húmedo y pegajoso en sus muslos.

Había sangrado.

No era nada nuevo desde que había empezado la endometriosis, pero generalmente, si se levantaba y se cambiaba frecuentemente por la noche, no tenía que preocuparse por ello. Había estado tan cansada cuando se había ido a dormir, que había dormido cuatro horas seguidas.

También se había olvidado de tomar las medicinas para el dolor, recordaba ahora.

Intentó levantarse para remediarlo, pero una punzada de dolor la hizo volver a la cama. El menor movimiento le producía una agonía.

Miró hacia la cama. Claudio no estaba allí, por supuesto. Frecuentemente no volvía a la cama hasta la madrugada, si volvía. Había dormido un par de noches en su despacho, pero no lo sabía nadie más que ella. Después de la discusión en el hospital, seguramente volvería hacerlo aquella noche.

El dolor hizo que unas lágrimas brotaran de sus ojos y mojaran sus mejillas mientras su cuerpo se retorcía de dolor. Si pudiera llegar hasta los calmantes, al menos, pero no podía llegar ni a la mesilla.

Se arrastró hasta el borde de la cama lentamente, pero el dolor la paralizó.

Finalmente, a duras penas, pudo girarse, pero se cayó al suelo. Oyó a alguien, pero intentó concentrarse en la oscuridad. No podía moverse, y apenas adivinaba el contorno de la mesilla. Se la veía más lejos de lo que la había visto desde la cama.

Ella extendió la mano hacia la mesilla, y emitió un gemido de dolor.

—¿Therese? ¿Qué diablos sucede? —la luz se encendió.

Le hizo daño a los ojos. Estaba caída en el suelo y oyó a Claudio jurar en italiano.

—¿Qué ha sucedido? —se agachó a su lado y le puso la mano en el hombro—. Estás sangrando. Llamaré a una ambulancia.

—¡No! —ella levantó la mirada—. Necesito los calmantes... En el cajón... —balbuceó. Otra punzada de dolor se apoderó de ella.

—Las medicinas no van a detener esta hemorragia.

—No hace falta. Es el periodo —dijo ella.

—Es una hemorragia...

Claudio agarró el teléfono y ella gritó:

—¡No, por favor! Simplemente, tráeme... —tomó aliento—. La cama... Por favor. Me duele —se puso en posición fetal.

Él dejó el teléfono y luego ella sintió que la tapaban con una manta. Claudio la envolvió con ella y la levantó, pero no la dejó en la cama. Se dirigió a la puerta.

—¿Adónde... vas? —preguntó débilmente.

—Al hospital. Puedes ahorrarte la discusión. No voy a llamar a una ambulancia si eso es lo que quieres, pero necesitas un médico.

—Me ha visto un médico. Te he dicho... los calmantes... Los necesito.

—Necesitas mucho más que unos calmantes para el dolor —contestó él sin dejar de caminar.

—Sí. Una operación. Pero no hoy.

—Sí, hoy. Si eso es lo que necesitas, te operarás ahora.

—No.

—¿Por qué? —dijo él, deteniéndose al lado del teléfono.

—No es seguro —lo miró con cara de dolor—. Por favor, necesito las pastillas.

Él la miró achicando los ojos.

—Necesitas un médico.

—Por favor —le rogó Therese, desesperada de dolor.

—De acuerdo, pero será mejor que tengas razón en relación a la sangre. No voy a dejarte morir a mi lado, ¿Comprendes?

Caminó con ella nuevamente al dormitorio y la dejó en la cama. Luego buscó las pastillas. Abrió el frasco y sacó dos. Había un vaso de agua al lado de la cama. Lo había dejado allí para tomar la medicina, y luego se había olvidado. Uno de los efectos secundarios de la medicina era justamente su falta de memoria. Ella tenía miedo de tomar demasiados comprimidos y llegar a una sobredosis, lo que explicaba el número de veces que no los tomaba y terminaba con un dolor terrible.

Claudio la ayudó a tomar las pastillas poniéndole un brazo por detrás del hombro, como si ella no pudiera hacerlo sola. Y la verdad era que no podía hacerlo. Estaba haciendo un esfuerzo por no llorar de dolor.

Cuando tomó las pastillas, él apoyó su cabeza en la cama con cuidado.

—¿Cuánto tarda en hacer efecto?

—De veinte a treinta minutos.

—¿Puedo hacer algo más?

—El agua caliente ayuda también.

—¿Beberla o sumergirte?

—Sumergirme... la ducha, también.

Él asintió y desapareció en el cuarto de baño. Ella oyó el ruido del agua. Luego Claudio volvió a aparecer. Estaba desnudo. Ella no lo comprendió, pero no era momento para hacer preguntas.

Ella apenas podía controlar el dolor. Se alegraba de que él no hubiera llamado a un médico. Ella se había molestado en ir a un médico a Miami para mantener su secreto, y no quería arriesgarse con un doctor de allí.

—Voy a desvestirte.

—De acuerdo —dijo ella.

Las medicinas estaban haciendo efecto rápidamente, porque las había tomado con el estómago vacío.

Claudio le quitó la manta y la ropa con cuidado. Juró cuando vio sus piernas manchadas de sangre.

–¿Estás segura de que esto es sólo sangre del periodo?

–Sí.

Él agitó la cabeza, pero no dijo nada. Simplemente la levantó de la cama. Aunque lo hizo con extremo cuidado, el movimiento le provocó a ella dolor.

–Esto no puede ser normal, *cara*.

–Yo no he dicho que sea normal –murmuró ella con los ojos cerrados.

Curiosamente, él no preguntó qué era.

–Me sorprende...

–¿Qué?

–Que no exijas explicaciones.

–No tienes ni idea del aspecto terrible que tienes, ¿no?

–¿Tengo un aspecto tan terrible? –preguntó Therese. Unas lágrimas corrieron por sus mejillas nuevamente–. ¿Estoy fea?

–Estás enferma, tonta. Estás muy pálida y tienes un aspecto muy débil.

–Tengo dolor.

–Lo sé –dijo él.

Pero debían de ser imaginaciones suyas.

¿Por qué le iba a preocupar su dolor si la odiaba?

No se dio cuenta de adónde iban hasta que no entró en el cuarto de baño con ella y vio el vapor. Comprendió por qué Claudio estaba desnudo también.

Él no la había dejado sola con su dolor, y ella estaba patéticamente agradecida.

Claudio le lavó las piernas y dijo:

–Hay tanta sangre...

–Empeora cada mes –dijo ella.

No se sintió incómoda por estar así con él, a su merced, bajo sus cuidados. Pero, ¿cuántas veces había deseado que él estuviera con ella y la cuidase? Aquellos pensamientos habían estado en el mundo de la fantasía antes, pero ahora eran realidad.

Estuvieron un rato en la ducha y entonces él afirmó:

–Creo que ya estás a salvo. La hemorragia ha parado o se ha frenado considerablemente.

–Me viene como a trompicones.

Claudio fue con ella a la bañera. Entró con ella en brazos.

–No puedes bañarte sola en este estado.

–Sólo pienso estar tumbada aquí.

–Y lo estarás. En mis brazos.

Ella no discutió y se dejó hacer.

Debería haberse sentido culpable por dejar que él la cuidase como lo hacía con todo el mundo, pero no lo hizo. Se sentía bien en sus brazos, bajo su cuidado.

Cuando el dolor cedió y ella se sintió mejor, Therese se relajó.

–Esto es agradable –dijo.

–¿Te sientes mejor?

–Sí –suspiró ella–. Pero voy a tener que salir pronto.

–¿Por qué?

–Puedo empezar a sangrar otra vez.

Él suspiró.

–Hemos convenido en que esto no es un periodo normal.

–No, no lo es.

–¿Qué sucede?

–Intenté decírtelo en el avión de regreso de Nueva York, pero no quisiste escucharme.

Era una acusación, no una respuesta. Pero todavía le dolía la reacción que había tenido él entonces.

–No lo recuerdo. ¿Cuándo intentaste contarme lo de tu hemorragia y tu dolor?

–Cuando quise contarte por qué tenemos que poner fin a nuestro matrimonio. Pero luego me dijiste que tú querías divorciarte, y me pareció que ya no importaba –dijo Therese, angustiada.

Claudio se puso tenso. Ella lo notó en su propio cuerpo, tan unido al suyo.

–¿Éste es el motivo por el que me pediste el divorcio? ¿Por este dolor y esta hemorragia?

Capítulo 8

EN cierto modo, sí.

–Explícamelo.

–¿Ya no tengo un aspecto tan terrible? –preguntó ella con una pizca de su viejo sentido del humor.

–Te noto la voz tan cansada... que apenas puedes estar despierta. Y yo debería dejar esto hasta mañana, pero no puedo.

–Yo tampoco –admitió Therese.

Quería que la verdad saliera a la superficie. Quería que él dejara de mirarla como si ella lo hubiera vendido al enemigo.

–Tengo endometriosis.

–¿Qué es eso?

Ella intentó hacer una descripción médica.

–Es una enfermedad ligada a mi ciclo menstrual.

–Eso me lo he figurado.

–Sí, bueno, yo no soy médico. No me resulta fácil explicar una enfermedad.

–Te pido disculpas. No debí ser tan sarcástico.

–Está bien –ella se alegró de que él no la estuviera mirando a los ojos.

–Yo... Mmm...

–¿Qué te causa el dolor?

–En términos clínicos, es algo así como que el tejido de mi útero encuentra vía libre para adherirse a otras zonas de mi pelvis... Bueno, puede irse a otros lugares, pero no es habitual...

–*Che cosa?* –preguntó él, sorprendido.

–¿Te dieron educación sexual en el colegio?

–En las escuelas públicas de Isole dei Re se imparte ese tipo de educación durante los últimos años.

–¿Y tú fuiste a una escuela pública?

Sabía que los hijos de su hermano iban a la escuela pública, pero Diamante era una pequeña isla. Ella nunca había preguntado si el príncipe había hecho lo mismo en Lo Paradiso.

–Sí, por supuesto. Si es buena para la gente común, es suficientemente buena para nosotros.

–Ésa no es la actitud general de la realeza en el mundo.

–Somos únicos.

–Absolutamente.

–Pero ya está bien del sistema educativo, explícame lo de ese tejido.

–Bueno, iba a decir, ¿recuerdas el sistema reproductor de la mujer?

–Sí, por supuesto...

–Bien. Imagínate pequeños puntos de tejido fuera en el conducto de Falopio, o en los ovarios... o en las paredes de la vagina...

–¿Quieres decir que tienes tejido en todos esos sitios?

–Sí.

Claudio juró.

Ella suspiró.

–Podría ser peor. En realidad soy afortunada.

Pero no era tan afortunada como las mujeres que no tenían las complicaciones añadidas de la esterilidad, pensó ella.

–¿Así que esa lesión causa dolor?

–Son adherencias. Se llenan de sangre durante el periodo menstrual. No tiene dónde ir y por eso causa dolor, mucho dolor –agregó Therese.

–Este dolor... ¿hace difícil hacer el amor?

Ella asintió.

–¿Es ése el motivo por el que me has estado rechazando en estos meses?

–Sí.

–No comprendo lo del divorcio. Me imagino que sabes que, si me hubieras contado lo del dolor, yo no te habría pedido sexo.

–Sí, lo sé.

Pero ella sabía ahora que sin sexo ella no valía nada para él.

Es posible que él hubiera seguido casado con ella, pero no habría sido feliz.

–¿Por qué el divorcio?

–Mi médico dice que entre el treinta y el cuarenta por ciento de las mujeres que tienen endometriosis son estériles.

Él dejó escapar una exhalación.

–Lo que quiere decir que entre el sesenta y el setenta por ciento de las mujeres que la tienen no lo son.

–Yo no soy una de ellas.

–¿Qué estás diciendo?

–El médico me ha dicho que no había casi ninguna posibilidad de que concibiera sin reproducción asistida, y aun así, no habría garantías.

—Pero te hicieron pruebas de fertilidad antes de casarnos.

—La endometriosis no se puede predecir. Ni siquiera saben qué la causa. No hay nada que indique en una prueba que pueda desarrollarse antes de que aparezca. Los médicos no tenían forma de saber que la desarrollaría, y menos las consecuencias para un embarazo.

—¿Y el médico está seguro de que afecta a tu capacidad reproductora?

—Sí. Es la causa del cincuenta por ciento de la esterilidad femenina.

Lo que no decían las estadísticas era la devastación emocional que eso causaba. Las estadísticas no eran nada hasta que se las aplicaba a un caso particular, de carne y hueso, en que la vida de una mujer se veía destrozada por la enfermedad.

—Evidentemente, muchas mujeres tienen este problema.

—Sí.

—¿Cuándo empezó?

—No estoy segura. El médico dice que la píldora suele ser una forma de controlarla. Puede haber empezado en cualquier momento de nuestro matrimonio, o incluso antes, pero yo no lo sabía, porque yo tenía dolores de menstruación a menudo. No pensaba que fuera algo diferente.

—Las pruebas...

—Ya te he dicho, no hay forma de saberlo.

—O sea que puedes haberlo tenido todo el tiempo.

–Sí, pero generalmente se desarrolla a partir de los veintitantos años.

–Comprendo.

–¿Sí?

–¿Cómo te diste cuenta de que la sufrías?

–Por el dolor.

–Lo siento.

–Yo también. Después de dejar la píldora, empecé a sangrar más y a tener más dolor.

–No me dijiste nada.

–No era un peso que tuvieras que llevar tú.

–¿Cómo dices eso? Yo soy tu esposo.

–Pero yo soy responsable de mí misma.

Ella le explicó el proceso que había seguido.

–¿Y no dijiste nada a nadie?

–Así me han educado.

Él se quedó en estado shock ante su respuesta.

–¿Y te han dado un diagnóstico fiable?

–Sí.

–Therese...

–Hmmm...

–No estás prestando atención...

–Las pastillas me dan sueño. Quiero irme a dormir ahora.

Claudio no tuvo que oírla decirlo dos veces. La levantó de la bañera y se ocupó de ella como si fuera una niña.

La secó y la vistió teniendo cuidado de que estuviera preparada para un sangrado nocturno.

Luego la dejó en la cama.

–Las mantas ya no tienen sangre –dijo ella, sorprendida.

—Le dije al personal doméstico que las cambiasen mientras estábamos en la bañera.

Pero ella estaba demasiado atontada y no podía seguir la conversación.

Y se quedó dormida en cuanto apoyó la cabeza en la almohada.

Claudio miró el informe del detective. No había nada nuevo, sobre todo después de las revelaciones de Therese de la noche anterior.

Ahora él lo sabía todo. No había otro hombre, ni le había sido infiel, ni quería cambiar su vida por algo mejor.

Ella tenía una enfermedad que afectaba a una de cada diez mujeres de entre veinticinco y cuarenta años. Y él no sabía nada de ella.

Therese quería divorciarse de él porque tenía aquella enfermedad que hacia que tuviera pocas probabilidades de ser fértil.

Ella no veía esperanza para el futuro de ellos, pero él se negaba a ello.

No la dejaría marchar.

Pero no era tan fácil. Therese era muy cabezota. Y había decidido que su matrimonio tenía que terminar porque ella no podía darle un heredero.

Aunque él intentase convencerla de que no veía las cosas así, sería capaz de dejarlo por el bien de Isole dei Re.

Se tomaba muy seriamente su deber con su país de adopción. Se había pasado varios meses ocultando su dolor y su excesiva hemorragia para proteger a los habitantes y al resto de la familia real de especulaciones y comentarios sobre su salud. No podía creer que hubiera sido tan estúpido como para pensar que Therese tuviera una aventura.

Aun si hubiera sido capaz de enamorarse, era demasiado consciente de su deber como para hacer algo que comprometiera su posición.

Lo que debería hacerle sentir bien. Pero no lo hacía. Sin ir más lejos, ella no había querido seguir hablando aquella mañana, porque había querido visitar a su padre antes de cumplir con otras obligaciones.

Y cuando él había insistido en que estaba enferma, y que era mejor que se quedara a descansar, había contestado:

—Llevo meses enferma, y no me he quedado nunca en la cama.

—Quizás deberías haberlo hecho.

—¡Y esto de un hombre que me echa un rapapolvo por cancelar mis obligaciones e ir a verlo a Nueva York!

Aquello le iba a pesar toda la vida, pensó él.

—No sabía lo que estaba en juego.

—No había nada en juego.

—¿Puedes decir eso cuando me has pedido el divorcio?

—Puedo decir eso porque sé que es verdad. El momento que elegí para decirte la verdad fue inoportuno. Debería haber esperado a que volvieras.

—No, deberías haberme contado lo de tu enfermedad en cuanto empezó.

Y antes de pedirle el divorcio, pensó él.

—No estabas en casa para contártelo —dijo ella

con inesperada rabia–. No durante el periodo. Te molestabas en hacer tus viajes de negocios cuando yo no estaba disponible sexualmente.

Ella lo dijo como si no hubiera sido más que un objeto sexual.

–No es así.

–Lo es. Lo has estado haciendo prácticamente desde el principio de nuestro matrimonio.

–Pero no ha sido porque te considerase un objeto sexual.

Lo había organizado así cuando había notado que Therese se sentía incómoda teniendo relaciones durante su periodo. Él la deseaba siempre, así que la mejor solución había sido alejarse de la tentación.

–Me tengo que marchar –dijo Therese.

Pero él no quiso dejarlo así.

–No siempre estaba de viaje durante tus periodos. Podrías habérmelo dicho, pero decidiste ocultármelo.

–No me lo pusiste difícil, ¿no?

–¿Qué diablos quiere decir eso?

–Últimamente juras mucho –dijo ella.

–Y tú me has estado mintiendo durante meses.

–Ocultando cosas, no es lo mismo. Pregúntale a un político.

–Pero tú no eres un político. Eres mi esposa.

Ella se puso una chaqueta corta que hacía juego con su falda.

–Soy una princesa, y en los tiempos que corren, es lo mismo que ser un político.

–Eres una princesa porque eres mi esposa. Nuestra relación está primero.

–¿Como en Nueva York?

–Tu visita fue una sorpresa para mí.

Ella abrió la puerta y lo miró, desafiante.

–No te has enterado de nada en lo concerniente a mí, Claudio. Sólo ves lo que quieres ver. Conmigo has sido miope. Sólo ves lo conveniente y desprecias todo lo demás. El tratar de reescribir nuestra corta historia para que convenga a mis sentimientos o a tu orgullo no va a cambiar la realidad.

–Creí que eras feliz siendo mi esposa.

Al menos eso había pensado él hasta hacía pocos meses.

–Lo era. Pero eso no cambia el hecho de que me fuera tan fácil ocultarte mi enfermedad. ¿Por qué ha sido tan fácil, Claudio? ¿Por qué no he sido lo suficientemente importante para ti como para darte cuenta de que algunos meses no me tenía en pie?

Él no tenía respuesta.

Sintió una opresión en su corazón.

En ese momento, ella se dio la vuelta y se marchó.

No hizo más preguntas, ni más escenas. Tuvo una salida digna. Algo que sabía hacer bien.

Él había hecho el esfuerzo de estar en el palacio para almorzar, pero ella lo había tratado como a un extraño. Tomasso, Maggie y Flavia habían estado allí también, y todos lo habían mirado extrañamente, pero nadie había dicho nada. Flavia había mirado a Therese con preocupación, pero no le había hecho preguntas.

Siempre había sido así. Eran una familia real, y no aireaban preocupaciones en público.

Pero eso no quería decir que él no hubiera podido preguntarle a su esposa por qué había estado tan esquiva con él cuando había empezado a ver que se distanciaba.

Él había hecho suposiciones absolutamente equivocadas, pero jamás le había preguntado por qué no quería hacer el amor con tanta frecuencia como antes.

¿Por qué?

Los Scorsolini eran hombres de acción. Pero hablar de los sentimientos era imposible, y menos hablar de debilidad. Si hubiera admitido que estaba preocupado, habría sido una forma de demostrar debilidad. Y era incapaz de eso.

Y su esposa había estado soportando aquella enfermedad sin que nadie le preguntase nada.

Se sintió culpable.

Ella creía que no le importaba a él, y no podía estar más equivocada. Simplemente, había pensado que ella se estaba cansando de él.

Miró el informe del detective y se preguntó cuántas veces Therese había ido al médico de Miami. ¿Cómo hacía para ir con el Servicio de Seguridad?

No le gustaba sentir que había un lado de su esposa que no conocía.

Ella le había dicho que iba a ese médico para mantener la situación en secreto, apartada de los cotilleos de la prensa.

Pero eso no cambiaba el hecho de que no le hubiera dicho a él la verdad. Él era su esposo, pero ella lo trataba como a su adversario.

No confiaba en él.

No había otro hombre, pero él no tenía el lugar que debería darle a su esposo. Y por lo que ella había dicho, tampoco sentía que ella ocupaba el lugar que debía ocupar en la vida de él.

Su matrimonio estaba en aprietos.

Ella quería divorciarse porque no podía darle un heredero. Y creía que él iba a estar de acuerdo y lo aprobaría.

Pero no era honorable abandonar a una esposa porque no pudiera tener hijos. Y él era un hombre de honor.

Therese aprendería que un Scorsolini no tiraba la toalla a la primera señal de adversidad.

Capítulo 9

THERESE se estaba vistiendo cuando Claudio entró en su dormitorio. Ella le dedicó una mirada rápida y luego la desvió.

Claudio tenía aspecto de cansado, pero además tenía un aire de determinación.

Él había tomado una decisión. Y ella pensaba que la esperaba una discusión con él. No lo sabía, pero su instinto le decía que se pusiera en guardia.

Claudio le puso la mano en el hombro, y ella tuvo que hacer un esfuerzo por controlar la reacción de su cuerpo a su contacto.

–¿Cómo te sientes, *cara*?

–Bien –ella se apartó de él.

Claudio suspiró y se alejó.

–No te creo... –dijo.

–¿Ahora te has vuelto receloso? –se burló Therese sin mirarlo.

–Tal vez tenga razones para ello.

–¿Qué quieres decir? –preguntó ella mientras se calzaba un par de Vera Wangs.

Eran el complemento perfecto para el vestido verde que había elegido para la cena, pero los zapatos de punta no eran muy cómodos.

Claudio la rodeó para mirarla.

Se abrochó la camisa y dijo:

—Me has ocultado muchas cosas en los últimos meses. Un dolor del que me deberías haber hablado, una hemorragia excesiva que podría ser peligrosa. Creo que se me puede perdonar que no te crea cuando me dices que estás bien.

Ella lo había estado protegiendo a él, maldita sea, pensó ella con rabia.

—¿Quieres que te diga la verdad? —preguntó Therese.

—Me duele tanto que me gustaría tumbarme y morirme, pero no voy a hacerlo, y contarte lo del dolor no va a hacer que desaparezca.

—No puedo arreglar algo de lo que no estoy enterado.

—Tú no puedes arreglar esto en absoluto.

Él no dijo nada y ella se empezó a poner los pendientes con dedos temblorosos.

Cuando terminó, miro su imagen críticamente en el espejo.

Él le puso las manos en los hombros.

—Tal vez no pueda hacer que esto desaparezca, pero puedo organizar las cosas para que te quedes tumbada y te traigan una bandeja a la cama para cenar.

Era tentador, pero ella no podía empezar a ceder a la endometriosis.

—No —dijo.

Él frunció el ceño y preguntó:

—¿Por qué no?

—No quiero que tu familia se pregunte por mi salud. Ya tienen bastante estrés.

—Tú también.

–Es asunto mío, Claudio.

–¿Y si yo te libero de ese asunto?

No era un comentario sin importancia. Ella lo notó en sus ojos.

–No me amenaces.

Él hizo un sonido de rechazo.

–No te estoy amenazando. Estoy intentando cuidarte, como debería haberlo hecho en estos meses.

«¡Oh, no!», pensó ella. Un Scorsolini con culpa era horrible.

–Ése no ha sido nunca tu deber, Claudio. No te necesito para que me cuides. No soy una niña.

–¿Cómo puedes decir que no es mi deber? Tú eres mi esposa, mi responsabilidad.

–Un príncipe no puede mirar la vida de ese modo.

–Este príncipe lo hace.

Él no podía imaginarse cuánto había deseado ella oír algo así hacía meses. Pero había aprendido que una princesa no podía apoyarse en el cariño cuando estaba enferma. Al menos, no en el de su marido. Ni en el de nadie si ella tenía obligaciones que cumplir.

–Eso es algo nuevo.

–Quizás, pero es lo correcto.

–No, no lo es. Estás muy estresado por todo lo demás como para agregarme a mí a tu lista de preocupaciones, ¿me oyes? Tienes demasiadas cosas en que preocuparte como para agregarme a mí.

–No voy a descuidarte porque tenga otras cosas que requieran mi atención.

–¿Por qué no? Lo has hecho antes.

—Eso no es verdad.

Ella se apartó de él.

—Eres muy perceptivo.

—Ha habido momentos en que he tenido que dar prioridad a otras cosas, sí, pero eso ha sido porque me he visto obligado a hacerlo por las circunstancias. Nunca me he olvidado de ti ni te he apartado de mis consideraciones.

Ella no estaba de humor para una discusión acerca de su matrimonio. No había exagerado cuando le había dicho que tenía mucho dolor y que discutir con él no le hacía bien.

—Tenemos que darnos prisa, o llegaremos tarde a la cena.

—Yo prefiero que te quedes aquí y descanses.

—Yo no.

Él volvió a suspirar.

—No quieres que mi familia se preocupe por ti, pero te parece bien que yo me preocupe porque tú no te cuidas, ¿no?

—No estoy haciendo nada que ponga mi salud en riesgo —dijo ella, impaciente.

—Tienes dolor. No deberías exigirte tanto.

—Cenar con tu familia no es exigirme nada.

—Porque estás demasiado acostumbrada a anteponer el deber.

—Eso no es lo que dijiste en Nueva York.

—Es exactamente lo que dije, si recuerdas. Ésa es la razón por la que tu comportamiento me chocó tanto y me preocupó.

—No actuaste como si hubieras estado preocupado. Te enfadaste.

—Estaba enfadado. Creí que tenías otras razones distintas que tu salud para hacer lo que estabas haciendo.

Ella bajó la mano del picaporte. ¿Qué razón era ésa?

—¿Qué otras razones?

—No quiero hablar de eso ahora.

Ella acababa de enterarse de que él ocultaba algo, tal vez algo importante.

—Pero yo quiero hablar de ello.

Sonó la campana de la cena por el intercomunicador y ella frunció el ceño.

—Volveremos a hablar de esto después de la cena.

—No hace falta. No importa.

—A mí sí me importa.

Pero primero iba a tomar sus analgésicos.

Él le ofreció el brazo.

—¿Vamos? –preguntó.

Ella tomó su brazo.

—Ahorraré energía en discusiones, para tenerla para cuando volvamos de la cena y hablemos.

—Pero tú has dicho que no querías hablar de ello... –dijo ella.

Ella no podía creer que él estuviera cediendo tan fácilmente en todo.

No parecía él.

—Y no quiero hacerlo, pero hay otras cosas de las que tenemos que hablar –comentó Claudio.

—¿Como qué?

—Como el hecho de que no habrá divorcio.

No hubo tiempo de contestar, porque se encontraron con Tomasso y Maggie en el pasillo y bajaron juntos.

Marcello y Danette estaban esperando en el comedor cuando llegaron.

Marcello sonrió cuando lo vio bajar.

—Me alegro de que hayas decidido comer algo decente.

—Siempre como —se quejó Claudio.

—Con mucho estrés, en tu escritorio o en un ambiente de negocios. Hacerlo con la familia es más relajante.

Claudio sonrió haciendo que el corazón de Therese diera un vuelco.

—¿Estás seguro de ello? —dijo Claudio.

Su afecto por sus hermanos era muy fuerte. Ella hubiera deseado un poco de él, pero nunca se lo había dado. Y ahora se le había metido en la cabeza que tenían que seguir casados. Pero seguramente sería por razones equivocadas.

Era el sentimiento de culpa lo que lo guiaba. Eso no era suficiente para un matrimonio.

—Por supuesto —dijo Marcello—. ¿Lo vas a negar?

—No —dijo Claudio, serio—. Ha sido una semana muy estresante.

Marcello y Tomasso asintieron.

—Me gustaría poder ayudarte más con las responsabilidades de papá.

—No puedes hacer más —respondió Claudio con una sonrisa—. Yo soy el heredero. Sólo yo puedo sustituirle.

—Estás haciendo un trabajo extraordinario —dijo Maggie suavemente.

—Se me olvida la presión bajo la que vivís todos vosotros cuando Marcello y yo estamos en

Italia. El mundo parece tan normal allí... Casi me olvido de que estoy casada con un príncipe... Con que sea un magnate tengo suficiente —comentó Danette—. Pero en cuanto llegamos aquí se hace evidente la presión que tenéis —Danette agitó la cabeza—. Espero que sea más fácil para nuestros hijos —se pasó la mano por el vientre como si consolase al bebé.

Cuando Marcello se lo acarició, Therese sintió una punzada de tristeza en su interior.

—Pienso que lo será —dijo Tomasso.

—Sí —agregó Marcello—. Debes recordar, *cara*, que nuestro bebé tiene un príncipe, no un rey por padre.

—Eso es verdad —dijo Tomasso—. Pero incluso los niños que tenga Claudio se beneficiarán de una familia más extensa para ayudar a llevar el peso de las responsabilidades. Nuestro padre no tiene hermanos que puedan ayudar. La infancia de Gianni y de Anna es muy distinta a la nuestra —comentó.

—Pero los niños de Claudio tendrán una vida más complicada que los nuestros.

Tomasso estuvo de acuerdo con un suspiro.

—Me siento egoísta en mi gratitud, pero me alegro de que mi hijo no crezca sabiendo que un día será el rey de Isole dei Re.

—Es curioso pensar que nuestros hijos podrán escoger sus caminos mientras que sus primos tendrán su futuro determinado por su nacimiento —dijo Maggie, frunciendo el ceño.

—¿Te molestó crecer sabiendo que no ibas a tener otra opción? —preguntó Danette a Claudio mientras los hombres acompañaban a sus mujeres al comedor.

Claudio esperó a sentarse para contestar.

—Nunca me he rebelado contra mi futuro. Desde siempre he sabido que un día sería rey y que eso entrañaba unas responsabilidades. Eso ha significado a veces que tuviera que poner a un lado mi vida individual.

Therese sintió que había un mensaje para ella en sus palabras.

—Yo no le envidio a Therese su posición —sonrió Maggie a Therese—. Debe ser duro compartir a tu esposo con la gente del país.

Therese no podía negar sus palabras, pero había algo en ellas que no era cierto. Si Claudio la hubiera amado, no creía que hubiera tenido problema con la gente y los problemas de Isole dei Re.

—Es un papel difícil, pero mi esposa ha sido siempre perfecta para la tarea —dijo Claudio con tono de aprobación.

Ella se giró para mirarlo, y por un momento los otros ocupantes de la habitación parecieron desaparecer. Sólo estaban Claudio y ella, y entre ellos un mensaje sin palabras.

Sin saber por qué, ella sintió ganas de llorar.

—No me arrepiento de haberme casado contigo —dijo ella.

—No es mi intención que lo hagas nunca —dijo él e hizo algo que jamás había hecho antes.

La besó suavemente en los labios delante de todo el mundo. Luego se irguió y siguió hablando con sus hermanos como si no hubiera sucedido nada fuera de lo normal.

Pero para Therese fue un shock.

La cena fue agradable, pero a medida que transcurría el tiempo, a ella le resultó más difícil enmascarar el dolor. Sólo probó un par de bocados del plato principal. El dolor se estaba haciendo insoportable, probablemente porque no había tomado calmantes en todo el día, para no estar tan adormecida mientras tenía que ocuparse de sus obligaciones.

Tal vez podría haber tomado un comprimido antes de la cena, pero le molestaba tener sueño, y sus cuñadas era mujeres astutas. Se habrían dado cuenta de que algo andaba mal, no como Claudio.

Ella cada vez podía disimularlo menos, y en un momento, Claudio se puso de pie y dijo:

—Creo que Therese y yo vamos a retirarnos temprano.

Tomasso frunció el ceño.

—Todavía no han servido el postre.

—Estamos muy cansados y necesitamos descansar.

Claudio agarró el brazo de Therese y dijo:

—Ven. Es hora de que estés en la cama.

Ella sabía que no podía hacer nada y no discutió.

—No es mala idea —dijo Tomasso, mirando a Maggie con otras intenciones.

Maggie se puso colorada, pero sonrió, deleitada por sus palabras.

Claudio esperó hasta que estuvieron fuera del comedor para alzarla en brazos.

Ella se sintió segura y arropada en sus brazos, aunque le hubiera dicho a Claudio que no necesitaba sus cuidados.

Mentirosa, eso era lo que era. Porque eso era justamente lo que quería.

—Bájame —protestó—. Puedo caminar.

Pero era tan agradable no tener que hacerlo.

—¿Y si aparece alguno de tus hermanos y te ve llevándome así? ¿O alguno de los sirvientes? Habrá especulaciones.

—No sabía que tuvieras tanto miedo a los cotilleos.

—No lo tengo.

—Entonces, explícame por qué te has hecho ver por un médico de los Estados Unidos.

—Quería evitar los cotilleos de la prensa.

—Cotilleos al fin y al cabo.

—¿Quieres decir que no te importan? ¿No te importaría que los periódicos publicaran mañana que soy estéril? Recuerdo cuánto te molestó aquella vez que fui al spa del hotel en lugar de quedarme en la habitación, cuando me fui de compras con Maggie a Nassau.

—Estabas atrayendo los cotilleos por una cosa absolutamente sin importancia. Es muy distinto tener que ocultar un problema de salud real por una cuestión de apariencias.

—Yo no lo estaba ocultando por una cuestión de apariencias.

—¿No?

—No. Yo... sólo... No quería que saliera a la luz antes de que nos divorciáramos. Habría afectado a tu imagen pública. El ciudadano común no comprende lo que significa ser parte de la nobleza.

—Puesto que no habrá divorcio, tu preocupación no estaba justificada.

—Eres muy cabezota y no me importa lo que digas. No quiero que tu familia se preocupe por nada.

—Tu estado dista mucho de ser «nada». Pero en relación a esto, no te preocupes. Tranquilízate. Si algún criado me ha visto llevarte en brazos, o mis hermanos, pensarán que tenía prisa por estar contigo en la cama.

—Eso no es posible.

—¿De verdad crees que sería capaz de seducirte sabiendo cómo te sientes?

—No, por supuesto que no. No sé por qué lo he dicho.

Y no lo sabía. Porque estaba segura de que él no haría nada que le hiciera daño físicamente.

—Bien, porque sólo un desgraciado ignoraría las molestias de tu periodo y el dolor que sientes como para intentar algo así.

—Yo nunca he dicho que fueras eso.

—No con esas palabras...

Ella se sorprendió y lo miró.

—Yo nunca di a entender que pensara eso de ti.

—¿Y cómo es que pensaste que el divorcio era la única opción cuando descubriste que tenías endometriosis?

—Fue una conclusión práctica.

La única solución que tenía sentido. Sobre todo ahora que ella sabía que él se había aburrido de ella. Y que su único valor para él era el sexual...

Aunque aun sabiéndolo, su corazón se rebelaba.

Parte de ella, su lado más estúpido, se negaba a creerlo.

Él no dijo nada.

Cuando llegaron a sus apartamentos, él la llevó directamente al dormitorio.

—Voy a buscar tus calmantes.

Claudio la dejó en la cama y luego se dio la vuelta para tomar las medicinas. Volcó dos comprimidos y se los dio. La ayudó a tomarlos sentándose a su lado y poniendo un brazo alrededor de sus hombros para sujetarla.

—¿Es ésta tu forma de mimarme?

—¿Te sientes mimada?

—Sí —sonrió ella a pesar del dolor.

—Entonces, sí.

—Gracias.

—No me lo agradezcas. Éste debería ser tu derecho.

—¿Entonces me cuidas porque es tu deber?

—Dime una cosa, *cara*.

—¿Sí?

—Hasta hace pocos meses tu respuesta a mí en la cama era muy apasionada.

—Eso has dicho.

—¿Era el resultado del cumplimiento de tu deber?

—No, por supuesto que no. ¿Cómo puedes preguntarme eso?

—Del mismo modo que tú me preguntas si lo que hago es por una cuestión de deber.

—Tú no me amas, Claudio.

—Me importas mucho. Siempre me has importado.

—Eso pensé yo al principio.

—¿Y qué cambió?

–No lo sé. Tal vez nada.

–Pero tú has seguido convencida de que no me importas.

–Me has dicho que te habías aburrido de mí.

–Estaba enfadado. Fue una mentira.

Ella no le creyó. Se dobló por el dolor antes de poder decírselo.

–¿Therese?

Ella se incorporó.

–¿Te duele mucho?

–Sí.

–¿Vamos al hospital?

–No.

–No eres razonable.

–Discutir no me ayuda a controlar el dolor.

–No debimos bajar a cenar.

–¿Por qué hablas en plural? Si no recuerdo mal, me propusiste que me quedase aquí a cenar, no que nos quedáramos juntos.

–Pero naturalmente yo me habría quedado contigo.

Ella no veía nada natural en aquello. De hecho aquellos mimos le parecían extraños en su relación.

–¿Por qué?

–Estás enferma.

–Y tú tienes obligaciones con tu familia.

–Lo que estuve dispuesto a relegar por obligaciones relacionadas con la Corona la semana pasada. Estuve aquí en el palacio por ti.

–No comprendo por qué.

–Tú eres mi esposa –dijo como si eso lo explicase todo.

–También era tu esposa hace dos años cuando tuve una gripe y sin embargo tú no te quedaste conmigo. De hecho me pediste que me mudase a otra habitación para que no te contagiase. También era tu esposa el año pasado cuando tuve un catarro y me dejaste en manos del cuidado de criados mientras tú volabas a Italia por negocios.

Él la miró como si no comprendiera la correlación que ella intentaba demostrarle.

–Ésas circunstancias eran diferentes.

–¿En qué forma?

–No tenías un dolor como éste y sabíamos que las medicinas harían su efecto.

–Y antepusiste el deber a tus tiernos cuidados.

–¿Querías que yo fuera tu enfermero? Yo no veo que desees eso. Eres una persona muy independiente cuando estás enferma, y en general.

–Gracias –dijo ella con sarcasmo–. No soy independiente.

–Sí, lo eres. Tan independiente, que has tomado decisiones sobre nuestro matrimonio sin tener en cuenta a la otra parte.

–Es por eso por lo que fui a Nueva York, para consultarte.

–Una petición de divorcio no es una consulta.

–No iba a empezar de ese modo, pero tú me pusiste a la defensiva con esa actitud tan hostil. Parecías querer matarme por haber ido.

–Yo saqué conclusiones equivocadas y reaccioné así por ello.

–¿Qué conclusiones?

–Preferiría no entrar en ese tema.

–No está bien eso. Es un tema que podría entretenerme y desviar mi atención del dolor.

Claudio dijo algo que ella no comprendió, pero era evidente su irritación.

Se sentó en la cama y se apoyó en el cabecero de la cama.

–Si vas a someterme a un tercer grado, prefiero estar cómodo.

Ella disimuló una sonrisa.

–Háblame de tus conclusiones equivocadas.

Capítulo 10

ERA una conclusión que tenía sentido en aquel momento.

—No te andes con rodeos. Cuéntamelo.

—Creí que habías encontrado a otra persona.

—¿Qué?

—Me obsesioné con la idea de que te habías enamorado de otro hombre. Y tu petición de divorcio encajaba con esa idea.

—¿Por qué? —preguntó ella, sorprendida.

—Para mí no había otra razón por la que pudieras pedirme el divorcio.

—Pero...

—Empezaste rechazándome sexualmente. Yo no lo comprendía.

—Me dolía.

—Pero tú no me lo dijiste. Yo tuve que sacar mis propias conclusiones.

—Y ésas eran que tenía un amante.

—Tú habías empezado a tener sueño durante las conversaciones, como si hubieras estado pensando en otra cosa, o en otra persona.

—Era la medicación.

—Sí.

—Yo creí que tú ni te habías dado cuenta.

—Me di cuenta. Créeme.

—Pero tú creíste que mi corazón te había sido infiel.

—Yo nunca he estado seguro de que haya tenido tu corazón.

—¿Qué quieres decir?

—Tú nunca has dicho que me amases.

—El amor no era un requerimiento de nuestro contrato de matrimonio.

—No, no lo era.

Ella tuvo la sensación de que él hubiera deseado que fuera así. Pero, ¿por qué él quería su amor si no sentía nada profundo por ella?

No tenía sentido.

Al igual que su nuevo deseo de mimarla porque estaba enferma.

¿O tenía sentido?

—Creo que comprendo.

—Me alegro.

—No que hayas creído que había encontrado a otra persona. Pero creo que comprendo que sientas la necesidad de mimarme ahora.

—¿Porque estás enferma?

—Porque te sientes culpable por haber pensado que yo te era infiel.

—Ésa no es la razón por la que quiero cuidarte ahora.

—Pero tú te sientes culpable.

—Sí. Debí darme cuenta de que estabas enferma.

—Al menos te diste cuenta de que mi comportamiento no era normal.

—Por supuesto.

—Para mí no estaba tan claro. Yo no pensé que

te importaba que te rechazara en el dormitorio –comentó Therese.

Él la miró como si ella hubiera perdido la cabeza.

–Eso es absurdo. Naturalmente que me importaba, pero no iba a comportarme como un crío caprichoso en ese terreno. Si una mujer dice «no» es no.

–¿Y el por qué de ese «no» no era importante?

–Por supuesto que sí.

–Pero tú preferiste imaginar una infidelidad antes que preguntar –dijo ella.

–Yo pregunté.

Entonces ella recordó.

–Y yo no quise hablar de ello. Pero llevábamos meses así. ¿Por qué esperaste tanto?

–Hería mi orgullo que me rechazaras sexualmente. Hablar de ello habría empeorado las cosas. Me habría sentido como si te estuviera rogando tus favores.

–Eso es absurdo.

–No lo es. Es la verdad. ¿Por qué crees que me iba cuando tenías el periodo?

–Porque era conveniente.

–No tienes una idea muy buena de mí, ¿verdad? –preguntó Claudio.

–Eso no es verdad.

–Yo creo que sí lo es. Yo organizaba mis viajes de negocios para que coincidieran con tu periodo porque no querías ni que te tocase entonces. Y para mí era difícil no tocarte. Y la mejor solución era marcharme.

–No tenías ningún problema en no tocarme fuera de la cama.

–Si de verdad crees eso, estás ciega. Te tocaría todo el tiempo, pero un rey no puede actuar así con su esposa.

–No eres un rey todavía.

–Pero lo seré. Y por mi posición, tengo que cumplir con un modelo de comportamiento. Hacerlo es un desafío para mí, especialmente contigo. En el único lugar donde me daba permiso para ser completamente libre contigo era en el dormitorio.

–Yo no me he dado cuenta...

–Creí que tú lo sabías...

–¿Cómo podía saberlo?

–Creí que mi deseo por ti era obvio.

–No era tan obvio cuando aceptabas mi rechazo tan normalmente, como si nada cambiase entre nosotros. Pensé que no te importaba.

–Ahora sabes que no es así.

–Sé que el sexo es un elemento esencial en nuestra relación, sí.

–Lo dices como si eso fuera una cosa mala –señaló Claudio.

Ella dudó en confesarle sus sentimientos, pero finalmente decidió ser sincera.

–Yo quería que tú me quisieras a otro nivel, no sólo en el sexual.

–¿Qué puede ser más íntimo que el sexo?

–No sé cómo explicártelo. Me gustaría ser importante para ti por mí misma, no sólo por el placer que tú puedas encontrar en mi cuerpo, o por cómo desempeño mi labor como esposa.

–Tú quieres que te ame.

–Quizás. Tal vez lo único que me habría satisfecho habría sido el amor. Pero ahora ya no importa.

—¿Ya no quieres mi amor? ¿Es por eso por lo que no quieres que te mime?

—No he querido decir que no quiera tu atención —dijo ella entre bostezos. Las medicinas estaban haciendo su efecto—. Es sólo que me sorprende.

La verdad era que le gustaba. Demasiado. Si se acostumbraba a ello, sería más difícil marcharse de su lado. Pero no tenía la suficiente fuerza de voluntad para rechazarlo.

—Me alegro de que estés conmigo en este momento —dijo ella suavemente—. Aunque tuvieras que estar en otro sitio. Tú tienes muchas obligaciones ahora como para preocuparte por mí, pero no puedo evitar disfrutar de tus atenciones. Supongo que es una debilidad mía...

Ella estaba hablando sola realmente, pero él le contestó.

—No, no lo es. Te hace humana —él pareció satisfecho.

—Supongo... Pero tú no puedes tomarte tanto tiempo para hacer de enfermero.

—Debes dejar de preocuparte por todo el mundo. Puedo tener tiempo para hacer llamadas telefónicas, y, si yo no me ocupo de ti, ¿quién lo hará? Te niegas a contarle a nadie lo de tu enfermedad.

Él tenía razón, pero ella no lo podía dejar así. No era tan fácil como él lo quería pintar.

—Antes no tenías tiempo para llamadas telefónicas.

—Lo tenía, hasta que dejaste de contestar mis llamadas.

Ella lo miró, recordando a través de su mente atontada por los medicamentos. Lo que Claudio decía era verdad. Él solía llamarla varias veces al día, estuviera donde estuviera. Ella lo había tomado como algo normal. Sólo cuando Claudio había dejado de llamar ella se había dado cuenta de ello. Ella había dejado de responder a sus llamadas o incluso a cortarlas porque él no decía lo que tenía que decir.

—Me daba la impresión de que sólo estabas controlando mi papel de princesa y mis obligaciones. Las llamadas eran demasiado impersonales.

Y eso le había dolido. Pero también le había dolido que él dejara de hacer esas llamadas.

—¿Cómo podía hacerlas más personales?

Reflexionando, ella ahora se daba cuenta de que aquellas llamadas para él habían sido personales, su forma de estar con ella cuando el deber los mantenía separados.

—Podrías haberme dicho... aunque sólo fuera una vez... que me echabas de menos.

—Lo siento. Siento no habértelo dicho. Pensé que las llamadas por sí solas te lo demostraban.

—¿Me llamabas porque me echabas de menos? —se extrañó ella.

—Sí. ¿Por qué si no iba a llamarte para hablar de cosas tan intrascendentes?

—No lo sé. Mi cerebro no trabaja al cien por cien.

Claudio frunció el ceño y se levantó de la cama.

–Si te pasa lo que te pasó ayer, dentro de veinte minutos no estarás en condiciones de seguir esta conversación, y hay algo de lo que quiero hablar contigo antes de que ocurra eso.

–Anoche fue peor porque perdí mucha sangre y había dormido poco –dijo ella.

–Si tú lo dices... –él empezó a quitarle los zapatos–. Has dicho que la cura de la endometriosis es la cirugía...

–No es una cura exactamente, pero casi. Es la mejor opción de vivir una vida más o menos normal, sin dolor –lo observó mientras le quitaba también las medias.

Él miró sus piernas con deseo, pero su tacto fue prácticamente impersonal.

–¿Qué es lo que hacen? ¿Sólo tienen que quitarte el aparato reproductor?

–No, ya no. Pueden quitar las partes adheridas con cirugía de láser. El tiempo de recuperación es mínimo y ni siquiera tengo que quedarme ingresada en el hospital después.

–Pero lo harás.

–¿Lo haré?

–Hasta la cirugía de láser tiene riesgos y es traumática. No estoy de acuerdo con esta política médica de dejar al paciente a su propio cuidado tan pronto.

–Supongo que eso está relacionado más bien con las compañías de seguros que con las preferencias de los médicos. Si puedes pagar por ello, estoy segura de que el hospital te deja quedarte –dijo ella.

–Y la cirugía... ¿Es una garantía?

–No, pero como te he dicho, es lo más que se puede hacer. Un alto porcentaje de mujeres que se operan de endometriosis vuelven a tenerla en algún momento.

–Si te alivia el dolor y la hemorragia, vale la pena.

–Eso pienso yo.

Claudio empezó a desvestirla y ella le dejó. Aunque ella dijera lo contrario, le parecía maravilloso que él la cuidase de aquel modo. Sobre todo sabiendo que pronto él no estaría allí para frotarle la espalda en la ducha.

Él no se ofreció a darle la bata, pero dijo:

–¿Necesitas ir al baño?

–Sí.

Él la llevó al cuarto de baño sin que ella le dijera nada. Dejó que se ocupase de sus cosas y se marchó.

Cuando volvió, lo encontró sin ropa y en la cama, con el ordenador portátil encima de su regazo y un montón de papeles desparramados a su alrededor.

–No tienes que irte a la cama sólo porque yo lo vaya a hacer –dijo Therese.

–No es ningún sacrificio después de la semana que he tenido, te lo aseguro.

Ella asintió.

–¿Intentarás irte a dormir al menos antes de medianoche? –preguntó Therese.

–¿Quieres que lo haga? –preguntó Claudio como si la idea le gustase.

–Sí. No quiero que tengas un ataque al corazón como tu padre.

–Eso sería tener mala suerte, ¿no? Después de todo, ¿quién dirigiría el país si estamos ambos convalecientes?

–No estaba pensando en el bienestar de Isole dei Re –comentó ella–. Me preocupas tú. Yo... Me voy a dormir.

Se metió en la cama, incapaz de creer que casi le había declarado su amor.

Claudio trabajó al lado de Therese mientras ella dormía. Su mente iba de sus obligaciones a su esposa. No era raro eso para él... Pero ella le había dicho que creía que sólo le importaba de un modo superficial.

Y él le había permitido que lo creyese. Había sido una decisión consciente, pero no había previsto las consecuencias. Se había protegido a sí mismo para no seguir el ejemplo de su padre. Nunca había querido un amor que transformase a un hombre fuerte en alguien vulnerable. Después de la conversación con su padre en el hospital, tal vez comprendiese lo que había llevado a Vincente a actuar de aquel modo muchos años atrás, pero con la comprensión no llegaba la paz.

El resultado era el mismo. El amor hacía tontos a los hombres.

Pero, ¿negando aquella tierna emoción evitaba defenderse de la vulnerabilidad que el amor causaba? Él se sentía vulnerable todavía. Sentía miedo ante la perspectiva de perderla. Eso no era ninguna ventaja, y después de la errónea conclusión sacada de su comportamiento, se sentía un tonto.

Peor que un tonto. Se sentía como un monstruo cruel. No había sido su intención hacerle daño a Therese. Él había creído que le estaba ofreciendo una buena vida, y que él sería un buen marido. No un marido normal, un futuro rey no podía serlo, pero un buen marido no obstante.

Él no había anticipado los hechos actuales, pero aun así, haber fracasado tanto como marido era abrumador. No solía tomarse bien el fracaso. Nunca lo había hecho. Eso era por lo que trabajaba tanto, para evitarlo. Pero sin duda había juzgado mal a su esposa, y haciéndolo, le había causado sufrimiento.

También había roto frágiles lazos y, si no los reparaba, su matrimonio podría romperse. Él no aceptaría eso, pero no sabía qué hacer para solucionar el problema. Se sentía descorazonado y eso no era agradable.

Un príncipe y futuro rey no podía sentirse así.

Él no se habría sentido así si ella lo hubiera querido. Su amor habría sido un lazo que los hubiera unido, aun si él la hubiera juzgado mal. Pero ella no lo amaba, aunque un segundo antes de que se fuera a la cama, él había pensado que le iba a decir que lo amaba. Y había querido oír aquellas palabras. Lo había deseado mucho.

Pero no las había pronunciado, y él se había quedado pensando que habían sido imaginaciones suyas. Aunque lo hubiera amado alguna vez, y él lo creía posible, ya no lo amaba.

¿Por qué le hacía daño ese pensamiento?

Ella lo había dicho: el amor no era parte del trato.

Pero él quería su amor. Lo necesitaba. De algún modo la convencería de que siguiera casada con él, y así quizás él pudiera dar una posibilidad al amor que ahora reconocía que albergaba en su corazón. Ella se había casado con él amándolo, se dio cuenta en esos momentos.

Ella probablemente había pensado que él no la quería, pero se equivocaba. Él la quería mucho. También estaba equivocada en el sentido de que el divorcio era la única solución. De igual modo que había estado equivocada pensando que sus llamadas no habían significado que él la echaba de menos...

Ahora se daba cuenta de en cuántas cosas se había equivocado ella, y él no sabía cómo arreglarlo.

Lo habían preparado para ser un gobernante entre los hombres. No lo habían preparado para serenar las emociones de una mujer, ni para convencerla de su afecto. Therese y él no veían el mundo del mismo modo y él había cometido el error de pensar que sí lo hacían. A pesar de su educación, ella seguía siendo una mujer, diferente a él, y su lógica era distinta a la de él.

Había dado por hecho que ella sabía muchas cosas que, ahora que lo pensaba, no habían sido tan obvias para ella como lo eran para él.

Si él podía aceptar sus errores... a lo mejor ella también podía hacerlo...

–¿Estás bromeando? No es posible operarme ahora.

Therese estaba descansando en uno de los jardines del palacio y Claudio había ido a hablar con ella.

—El médico ha dicho que no hay ningún problema en que te operes en cuanto termine tu periodo, y eso sería dentro de un par de días.

Ella no estaba acostumbrada a una conversación tan abierta cuando se habían pasado tres años sin hablar más que en la cama.

—Eso no es lo único a considerar. Tu padre vuelve hoy del hospital y estará aún convaleciente durante un tiempo.

Claudio frunció el ceño y dijo:

—¿Quieres decir que prefieres esperar a que se recupere totalmente? —preguntó él sin poder creerlo.

—Bueno, al menos hasta que esté suficientemente bien como para empezar a ocuparse de algunas obligaciones.

—Eso será dentro de seis semanas.

—Lo sé.

Claudio le agarró la nuca y dijo:

—No permitiré que pases otro periodo como este último.

—Es mi cuerpo —dijo ella, afectada por su demostración afectiva.

—Sí. Es tu cuerpo. Un hermoso y generoso cuerpo. Y es privilegio mío y responsabilidad mía asegurarme de que lo cuidas adecuadamente.

—Tú eres mi marido, no mi padre.

—Tu padre habría ignorado tu dolor. Yo no lo haré.

Él tenía razón, pero de algún modo aquel recuerdo de su padre ya no tenía el poder de herirla que había tenido alguna vez.

–No quiero que tu padre se disguste –dijo ella.

Claudio le tomó la mano.

–Tus manos son tan pequeñas, tan delicadas, tan hermosas...

Ella se quedó helada por aquel comentario.

Nunca fuera de la cama había dicho nada sobre sus manos.

–Mmm... Tu padre...

–Vincente está bien. A petición mía ha estado más días en el hospital de los que había recomendado el médico. Ya está bien, moviéndose de un lado a otro. Se está recuperando muy bien.

–Pero sigue débil...

–Que no te escuche...

–Flavia ha estado con él todo el tiempo...

–Sí. Él no se alegrará de saber que te descuidas por su salud. Me alegro mucho de que Flavia haya decidido volver a aparecer, porque estoy seguro de que ninguno de nosotros habría logrado lo que ha logrado ella.

–Son una buena pareja.

–Sí. Es una pena que les haya llevado tanto tiempo darse cuenta de ello.

–La infidelidad no es algo que pueda tomarse a la ligera.

–Es verdad, pero ella parece haber hecho las paces con el pasado y él también.

–Me alegro.

Ella se alegraba sinceramente de que volvieran a estar juntos.

–Yo también. Pero no cambies de tema... He hablado con el médico de Miami y me ha dicho que podía volar aquí dentro de cuatro días para operarte.

–No tienes derecho a llamarlo. Y no quiero operarme aquí.

Claudio la miró.

–No tenías derecho a ocultarme tu estado. Podrías haberte operado hace meses.

–Te he dicho por qué lo hice.

–No estoy de acuerdo con tus razones. Debiste decírmelo. Ésa es la verdad.

Ella miró los jardines del palacio.

–Eres muy arrogante a veces.

–¿Sólo a veces? –dijo él, hablándole al oído.

Ella se rió.

Pero él se mostraba autoritario por el bien de ella.

Claudio le dio un beso en la sien.

Y luego, de repente, la besó en la boca. Ella se apartó. Tenía que volver a la realidad.

–Una esposa adecuada podría darte un hijo: Yo no podré hacerlo –dijo–. Y si me opero aquí, todo el mundo se enterará. Y te considerarán egoísta y sin corazón cuando nos divorciemos.

Claudio la agarró por la cintura inesperadamente y la puso en su regazo, luego le agarró la cara con una mano, de manera que ella no pudiera rehuir su mirada.

–No habrá divorcio, y si intentas dejarme, dirán peores cosas de mí que eso.

–¿Qué quieres decir?

–No me dejarás, Therese.

–No estarás hablando de secuestrarme, ¿verdad?

Por su mirada presintió que no se equivocaba.

—Es ridículo, Claudio. Tú no eres uno de tus autoritarios ancestros.

—¿Quién dice que mis ancestros eran autoritarios?

—Eran piratas, lisa y llanamente. Usaban métodos un poco ilegales para hacerse con un país, pero no eran los pilares de la sociedad en los que se transformaron sus descendientes.

—¿Estás diciendo que yo soy un pirata debajo de mi fachada de persona civilizada?

—No, te estoy recordando que eres uno de sus descendientes civilizados.

—Habría estado de acuerdo contigo... antes, pero en las últimas semanas, he descubierto un sentimiento primitivo en relación a ti que me remite a mis ancestros con facilidad...

—O sea que admites que está ahí...

—Sí. Y tú debes haberte dado cuenta, por lo que sabrás lo estúpido que sería dejarme.

—Si decido irme, me iré.

Lo decía en serio. Tal vez ella no descendiera de piratas sicilianos, pero tenía sangre romana corriendo por sus venas y una buena dosis de determinación americana.

Capítulo 11

NO te marches –le rogó él.
Ella se sorprendió más incluso que al ver que él se permitía mostrar su lado primitivo.

–¿Qué harás? –preguntó ella.

–Seguirte.

Ella se rió porque era absurdo. Claudio era demasiado orgulloso para hacer algo así.

–Tus obligaciones no lo permitirían. Y tú no te rebajarías nunca a ir tras de mí como un perrito abandonado.

–Los perritos son inofensivos. Yo no lo soy. No te confundas. Yo te seguiría.

–Pero tu deber...

–Mi primer deber eres tú, mi esposa, y mi matrimonio. No te dejaré marchar.

Ella lo haría si quería hacerlo realmente. Pero lo que él estaba diciendo era que no se lo pondría fácil. Y ella no sabía si tenía la fuerza suficiente como para resistirse a él y a su propio deseo de quedarse.

No obstante, ya no estaba segura tampoco de si tenía la fuerza suficiente como para mantener un matrimonio en el que no era amada.

Le dolía, casi tanto o más que la endometriosis.

—Tienes que ser razonable, Claudio.

—Eres tú la que no eres razonable. Es una tontería y un riesgo que esperes para operarte. Y es un disparate que quieras divorciarte.

—Soy estéril. No puedo darte un heredero.

—Tu médico dice que en el setenta por ciento de los casos es posible tener un hijo por reproducción asistida.

—Pero no hay garantía.

—Nunca hay una garantía absoluta en estos asuntos.

—Pero tienes más posibilidades de tener hijos con una mujer que no tenga endometriosis.

—¡No quiero otra mujer!

—Eso es sólo sentimiento de culpa.

Él agitó la cabeza.

—No es culpa. Tú eres mi esposa. Quiero que sigas siéndolo. Si no hay otro hombre, ¿por qué insistes tanto en romper nuestro matrimonio?

—No hay otro hombre. No puedo creer que sigas con eso.

—Entonces, ¿por qué?

—Es por el bien del país, Claudio. Lo verías claro si estuvieras pensándolo con tu cerebro y no con tu orgullo.

—No. El bien del país está mejor salvaguardado si sigues siendo mi esposa.

Ella no podía creer que él fuera tan obstinado.

—No si yo no puedo darte hijos.

—Si no puedes, tengo hermanos y un sobrino que están en la línea de sucesión.

—Ya has oído a tus hermanos anoche. No quieren que sus hijos tengan la presión de saber que serán reyes.

–Mala suerte. Porque aunque no nacieron sabiendo que serán reyes, son hijos de un rey. Tomasso tendría que ocupar mi lugar si yo muriese.

–No hables de morirte.

–No hables de dejarme.

–No es lo mismo.

–No, es peor. Porque un hombre no elige cuando morirá, pero tú estás hablando de matar nuestro matrimonio y salir de mi vida.

–Por tu bien. ¿No lo comprendes?

–Te equivocas, no es por mi bien.

–Pero...

–Deja de discutir conmigo. Tú te has comprometido para toda la vida, princesa Therese Scorsolini. No voy a dejar que rompas tu compromiso. No dejaré que me abandones.

–No puedes impedírmelo.

–Puedo. Aunque te vayas, no me volveré a casar. No habrá más posibilidades de que tenga un heredero.

–Cuando el divorcio sea un hecho, cambiarás de parecer –dijo con pena Therese.

–No habrá divorcio. Quizás no sea tan anticuado como para retenerte físicamente contra tu voluntad, pero no habrá más matrimonio para ninguno de los dos.

–No puedes impedirlo.

–Es posible que no tenga poder para algunas cosas, pero estamos hablando de las leyes de Isole dei Re, no de las americanas, y según éstas, no puedes divorciarte de un miembro de la familia real sin su consentimiento.

–Eso es arcaico.

–Tal vez, pero son nuestras leyes. Y nos casamos aquí, Therese, no en los Estados Unidos, recuérdalo.

–Pero...

–No hay peros.

–Quieres ser padre... –dijo ella.

Él sonrió y le puso la mano sobre el vientre.

–Y no hay nada que desee más que que seas tú quien lleve a un hijo mío en el vientre, pero podemos adoptar si no puedes tener hijos. Serás una madre estupenda una vez que te quites esta idea del divorcio de la cabeza.

–No podemos adoptar.

–Por supuesto que podemos adoptar. En cuanto al trono, tendré que nombrar a mi sobrino sucesor, pero puede hacerse. Somos una monarquía moderna.

–¿Y esto lo dice alguien que me acaba de decir que va a emplear una ley arcaica para que siga casada con él?

–Ya he tenido bastante de esta conversación sobre el divorcio –la levantó cuidadosamente de su regazo y la dejó en el banco. Luego se puso de pie, la miró y dijo–: Eres una de las personas más compasivas que conozco, pero no te importa pisotear mis sentimientos y mis ideales. Si lo que querías era un donante de esperma cuando te casaste, ¿por qué no fuiste a un banco de esperma?

–¿Qué?

¿Había perdido la cabeza Claudio?

—¡Yo no pienso en ti como en un donante de esperma!

—Pero en el momento en que descubres que no puedes quedarte embarazada estás dispuesta a divorciarte de mí...

—No por mí, sino por ti —afirmó Therese.

Él no quería el divorcio, estaba claro. Ya fuera por culpa, orgullo o por deseo físico. Ella no había anticipado aquella reacción.

—No es por mí si eso va a hacerme desgraciado.

—¿Divorciarte de mí te va a hacer desgraciado?

—¿Qué diablos crees que he estado diciendo?

Ella lo miró, totalmente insegura de qué decir.

—Di algo.

—Estoy en estado de shock.

—Y eso me enfada. ¿Qué diablos he hecho para que pienses que nuestro matrimonio no significa nada para mí? —preguntó Claudio.

—Nos casamos por conveniencia. No por amor. Yo lo sabía cuando me pediste que fuera tu esposa. Soy una persona que reúno las condiciones necesarias. Todas.

—Tienes razón. Me casé contigo porque tú eras la mujer ideal para mí. Y aunque sea así, ¿qué te hace pensar que yo no siento nada por ti? Por supuesto que tengo sentimientos.

Pero él la miraba como si acabase de descubrir algo, una especie de revelación.

Ella no quiso especular con qué sería.

—Tú eres todo lo que quería en una mujer y más, *cara*.

—Pero no me amas.

—¿Qué es el amor si no es lo que hay entre nosotros?

—Es lo que hay entre tus hermanos y sus esposas. Yo he visto un Scorsolini enamorado, primero a Tomasso, luego a Marcello, e incluso últimamente a tu padre y a Flavia. Y no es como eres tú conmigo.

—Entonces, ¿qué crees que siento yo por ti?

—Deseo. Creo que te gusto, o así era por lo menos. Creo que te sientes culpable ahora, porque hubieras querido darte cuenta de mi enfermedad antes, y tal vez incluso por lo despiadado que fuiste antes de que supieras el motivo por el que yo te había pedido el divorcio.

—¿Pero tú estás segura de que no te amo?

—Sí.

—Supongo que estamos igualados. Pero las cosas van a cambiar.

Dicho eso, Claudio se dio la vuelta y se marchó.

Con el regreso del rey Vincente al palacio, el día transcurrió demasiado frenéticamente como para que Therese tuviera tiempo de pensar en Claudio y lo que había dicho en el jardín.

No obstante, aquella noche cuando ella se quedó sola mientras Claudio asistía a un compromiso de su padre a quien reemplazaba, su mente no paró de dar vueltas.

Ella había sugerido ir con él a la cena, pero Claudio no había querido que fuera. Ella le había asegurado que se sentía mejor, pero él había insistido en que se quedara descansando y ella lo había aceptado finalmente.

Algo había cambiado en Claudio. ¿Qué era exactamente?

¿Y qué había querido decir en el jardín? ¿Que él no creía que ella lo amase?

¿Y qué había querido decir con que las cosas iban a cambiar?

Todo apuntaba a que tal vez el amor estaba empezando a formar parte de su contrato de matrimonio, según Claudio.

A pesar de la oposición de Therese, al día siguiente Claudio le contó a su familia lo que le pasaba. También les dijo que ella se operaría pronto. E incluso les contó lo de su esterilidad.

Sus hermanos y su padre se quedaron impresionados por lo abierto que fue, pero las mujeres trataron el tema como si fuera algo que todos debían saber.

Como había imaginado ella, las noticias provocaron una pequeña revolución en la familia, y Flavia fue quien más afectada se mostró.

Estaban todos presentes, excepto los niños de Tomasso, que se habían ido a la cama pronto. El rey Vincente debería haberse ido a dormir también probablemente, pero no había querido.

Therese había acondicionado la sala en la que estaban con muebles acogedores para que pudieran tener reuniones familiares con comodidad, y hasta había sitio para que Vincente tuviera los pies en alto.

—Sabía que algo iba mal —dijo Flavia, pero no me atreví a decir nada. Lo siento mucho. Muchas veces debes haber tenido dolor y ocultado...

Therese tocó afectuosamente la mano de Flavia.

—Está bien. Decirlo no hubiera cambiado las cosas —dijo ella.

—Al contrario, si lo hubiéramos sabido antes, podrías haberte ocupado antes del tratamiento.

—No es culpa de tu madre —dijo Therese mirando a Claudio.

—No he dicho que lo sea, pero habría sido mejor para ti que lo hubieras dicho antes. Y nos habríamos evitado muchos problemas entre nosotros —dijo Claudio.

Ella no podía creer que él estuviera diciendo aquello.

—No hablemos de eso ahora —dijo Therese.

—Si no quieres... Pero es la verdad.

Ella apenas pudo evitar un suspiro de irritación.

Tomasso hizo un sonido desde donde estaba.

—¿Qué tiene de divertido, *fratello mio*? —le preguntó Claudio.

—Therese está enfadada contigo.

—¿Y eso te resulta divertido? —preguntó Claudio, contrariado.

—Debes admitir que es raro en ella —dijo Marcello con ojos pícaros.

Therese miró a ambos hermanos y se preguntó qué les había dado.

–¿Creéis que el hecho de que esté enfadada con mi marido es una broma? –preguntó Therese con el ceño fruncido.

Ambos eran normalmente más sensibles.

Eran Scorsolini y eso significaba que no eran los más intuitivos del mundo cuando se trataba de emociones, pero aquello era demasiado incluso para ellos.

Danette intervino con una sonrisa:

–Tienes que admitir, cariño, que no pareces tú.

–A veces te reprimes demasiado –apuntó Maggie.

Tenían razón, pensó ella. No estaba ocultando sus emociones como solía hacerlo.

Pero, ¿por qué lo encontraban gracioso?

–Cuando estás enfadada con mi hermano, no ocultas ese hecho –dijo Claudio a Maggie.

–Delante de la familia, no –respondió Maggie con una sonrisa.

–Te lo puedo asegurar –dijo Tomasso con una risa.

Maggie le dio un codazo.

Claudio comentó entonces mirando a Therese:

–Nuestro matrimonio no es tan diferente del de ellos.

En aquel momento en que él se estaba comportando como sus hermanos, ella no sabía qué decir.

–No, no creo que tu matrimonio sea tan distinto —dijo Flavia—. Pero me he preguntado muchas veces cuándo te darías cuenta de ello.

—Te aseguro que me doy cuenta —dijo Claudio, sin ofenderse por la censura de su madrastra.

Incluso pareció que había una comunicación especial en el silencio entre Flavia y Claudio, como si aquella discusión no fuera totalmente nueva para ellos.

¿Estaba intentando decirle él que la amaba?

Claudio la miró y con mirada vulnerable le preguntó:

—¿Qué? ¿No has notado las similitudes?

—No... Mmm... No las he notado.

Flavia agitó la cabeza.

—Eso no es extraño con tu educación, pero, criatura, debes dejar de mirar a nuestro Claudio a través de los ojos de la hija de un diplomático y empezar a verlo con los ojos de una mujer que está deseosa de entregar su corazón.

—¿Qué quieres decir con eso de mi educación?

—No has conocido el amor incondicional. De hecho, creo que has conocido poco amor. Estás acostumbrada a asumir que no está presente cuando sí lo está.

Sin ninguna razón que ella pudiera comprender, el pecho de Therese se constriñó de emoción.

—No comprendo.

—Todos te queremos, eso es todo lo que digo —Flavia apretó la mano de Therese.

Tomasso sonrió.

—Sí, y aunque me honraría que mi hijo ascendiera al trono de los Scorsolini algún día, no puedo evitar esperar que la reproducción asistida funcione para vosotros –dijo su hermano.

–¿Porque no quieres que tu hijo tenga la presión de gobernar un reino? –preguntó Therese.

–Porque cualquier niño que nazca de ti y de mi hermano será bendecido.

–Eso es bonito, y cierto también –sonrió Flavia. Luego se giró para acomodar la manta que cubría las piernas del rey.

–Deja de cuidarme, *amore*, estoy bien –dijo el rey Vincente y acarició la mejilla de Flavia–. Siempre que estés conmigo, estoy bien.

Flavia sonrió con los ojos llenos de amor, pero no dijo nada.

–¿Vais a anunciar que os volvéis a casar nuevamente?

–Sí, hijos míos, eso es lo que voy a hacer –dijo Flavia.

–¡Eso es maravilloso! ¿Cuándo será la boda? –preguntó Marcello.

–Dentro de tres meses... Cuando sea seguro tener una noche de bodas –respondió el rey Vincente con una mirada pícara a Flavia–. Aunque he intentado convencer a tu madre de que seis semanas será suficiente, ella no quiere hacerme caso.

Flavia se puso colorada, y palmeó el brazo del rey.

–Hemos esperado más de dos décadas para estar juntos, así que podemos esperar unas pocas semanas más –dijo.

Todos los felicitaron y abrazaron. La atención

se desvió de Therese y Claudio, lo que ella agradeció.

Más tarde Therese estaba acostada pensando en lo que había dicho Flavia y en el comportamiento extraño de Claudio. Éste estaba durmiendo a su lado.

—Explícame cómo se muestra un Scorsolini enamorado —dijo de repente.

—Creí que estabas dormido.

—No lo estoy.

—Ya lo veo.

—Dime, entonces.

—¿Por qué?

—Por favor, *tesoro mio*, no juegues conmigo.

—No estoy jugando, pero no entiendo a qué viene esto.

—Tú me has dicho que yo no te amo porque no me muestro como mis hermanos con sus esposas. Quiero saber en qué específicamente he fracasado.

—¿Por qué?

—Para solucionarlo.

—¿Quieres que crea que me amas?

—¿No es eso obvio?

—Tal vez debería serlo, pero no, no lo es.

—Es como ha dicho Flavia. Estás tan acostumbrada a no recibir amor, que no reconoces el amor cuando está cerca de ti.

—Quiero ser amada —admitió ella con una vulnerabilidad que antes hubiera sido incapaz de demostrar.

—Yo te amo, Therese, y un día lo sabrás.

No era posible.

–¿Quieres decir que me amas porque piensas que tienes que hacerlo?

–No –él no dijo más.

–Yo...

–No estás segura. Lo comprendo. No me di cuenta de que te amaba cuando me casé contigo. Flavia lo notó, pero también se dio cuenta de que yo me resistía a ello. Fui un tonto. Ni siquiera me di cuenta de tu amor por mí, pero lo noté cuando desapareció.

–¿Desapareció?

–Sí. ¿Crees que no lo habría notado? El modo en que me mirabas... como si yo fuese todo para ti, el modo en que te iluminabas cuando yo entraba en la habitación... Ya no está –dijo él con tristeza–. Sólo ruego a Dios y al consejo de mi familia que sea capaz de ganármelo otra vez.

–¿Le has pedido consejo a tu familia? –preguntó totalmente sorprendida.

–Sí, aunque no parece haber nadie muy listo al respecto –dijo Claudio.

–¿Qué te han dicho?

–Tomasso sugirió que te corteje en la cama, pero ésa no es una opción. No quiero esperar a que lo sea.

–Oh...

–Marcello me sugirió que hablase sinceramente contigo, pero llevo días haciéndolo y no parece servir.

–La comunicación sincera es necesaria en una relación.

¿Podía ser verdad? ¿La amaba?

Él al parecer quería arreglar sus errores. Quería que ella se sintiera amada.

—Eso es lo que dijo Flavia, pero papá cree que tú necesitas pruebas. Y tampoco me ha parecido muy útil. No sé qué prueba darte.

—¿Tus hermanos no han tenido ninguna sugerencia al respecto?

—Como te he dicho, nada que me sirviera.

—La cama no es el único lugar donde se puede demostrar el amor.

Pero ella ahora se daba cuenta de que allí era donde él se había sentido más cómodo para hacerlo.

—Lo sé. Dejo mi afectividad y mis emociones para la cama, y eso te convenció de que sólo te quería para eso. Y no es así, *amore*. Por favor, créeme que siempre me has importado en todos los niveles que una mujer puede afectar a un hombre. Te convencí de que no sentía nada por ti, pero no era consciente de ello. Y cuando me he dado cuenta, es muy tarde.

—¿Demasiado tarde?

—Me he dado cuenta muy tarde de muchas cosas —dijo Claudio con tristeza.

La amaba de verdad. No se había dado cuenta. Pero se daba cuenta ahora y eso le dolía.

Ella sintió la agonía de Claudio en su propio corazón.

Él la amaba.

Ella se giró para mirarlo. Extendió una mano y le tocó la sien húmeda. Los hombres como Claudio no lloraban, pensó.

—No es demasiado tarde —susurró ella.

Él la miró con esperanza.

—¿No lo es?

—No.

—¿Qué... quieres decir?

—Yo me he preguntado muchas veces qué tenía de especial Danette que era amada por sus padres, por Marcello, y yo en cambio no era amada por la gente a la que quería.

—Danette es especial, pero, para mí, Therese, tú eres increíblemente más preciada. Te amo y pasaré el resto de mi vida demostrándotelo. Tus padres son dos personas muy estúpidas...

—No lo son. Son muy listos.

—No en lo relativo al amor. Tú eres increíble, y tenerte en mi vida es una bendición. El hecho de que no puedan reconocer eso los hace muy estúpidos.

—Tú no lo reconociste al principio...

—Sí, lo reconocí, pero no le puse nombre a los sentimientos que tú me hacías sentir, porque eso me hacía muy vulnerable...

—Como tu padre...

—Sí.

—Todos aprendemos cosas de nuestros padres.

—Pero también podemos desaprenderlas. Yo lo he hecho. Te amo, Therese. Y eso no me hace débil ni tonto. Me da fuerzas y placer pensar que algún día compartiré ese amor contigo.

—¿Quieres seguir casado conmigo aunque no tengas un heredero para Isole dei Re?

—Sí. ¿Me crees finalmente?

—Oh, te creo. Te amo, Claudio. Te amaré siempre.

Él le agarró la cadera.

—No puedes...

—Sí, y creo que tú también me amas —dijo ella.

—Te amo, mi preciada esposa. Agradezco al cielo que me creas... Y desde ahora en adelante, jamás dudarás de ello. Te doy mi palabra de príncipe.

—Te creo —repitió ella, feliz.

Él se inclinó hacia delante y la besó.

Epílogo

L A operación fue un éxito, y milagrosamente también lo fue la reproducción asistida practicada dos meses más tarde.

El médico dijo que era casi un milagro que hubiera funcionado al primer intento.

Pero después de que hubiera descubierto que Claudio la amaba no le parecía difícil creer en milagros.

Su embarazo fue confirmado el día de la boda de Flavia y Vincente. Todos se alegraron. Y siete meses y medio más tarde ella dio a luz a trillizos, una niña y dos niños. A pesar de que los niños habían sido prematuros y pequeños, se encontraban bien de salud.

Su hija era la mayor, y el rey Vincente le tocó la cabeza y confirmó su derecho al trono.

Therese casi se desmayó.

—Creí que sólo tenían derecho los varones al trono —dijo.

—¿De dónde sacaste esa idea? —preguntó Claudio riendo—. Somos una familia real moderna.

Therese sonrió, agotada del parto.

—¿Será reina entonces?

—Como su mamá —dijo él.

Ella se sentía tan feliz...

Su corazón estaba lleno de amor. Claudio se lo había demostrado todos los días.

Therese le tomó la mano.

—Eres un experto en dar amor —le dijo—. No tengo ninguna duda de que nuestros hijos recibirán mucho amor por tu parte.

Él sonrió.

El rey Vincente les sonrió a ambos.

—Los hombres de la familia Scorsolini son muy afortunados. Mis nietos crecerán con el amor que caracteriza a nuestra familia.

Los ojos de Therese se llenaron de lágrimas.

—Nos aseguraremos de que conozcan la bendición del amor, papá —dijo Therese.

Bianca™

¿Lograría él superar su aversión al matrimonio?

El atractivo Sebastian Conway no estaba dispuesto a sentar la cabeza. Pero era el heredero de los Conway y el deber le exigía que dejara sus ocupaciones en Londres para atender la finca familiar de Cornualles: la mansión Pengarroth.

Durante una exclusiva fiesta, Sebastian conoció a la guapísima Fleur Richardson, una joven que se ruborizaba cada vez que le dirigía la palabra, pero con mucho carácter. Y se quedó embelesado con ella.

Quizá Fleur no tuviera potencial como amante, pero sí como futura señora de Pengarroth…

La señora de la mansión

Susanne James

Acepte 2 de nuestras mejores novelas de amor GRATIS

¡Y reciba un regalo sorpresa!

Oferta especial de tiempo limitado

Rellene el cupón y envíelo a
Harlequin Reader Service®
3010 Walden Ave.
P.O. Box 1867
Buffalo, N.Y. 14240-1867

¡Sí! Por favor, envíenme 2 novelas de amor de Harlequin (1 Bianca® y 1 Deseo®) gratis, más el regalo sorpresa. Luego remítanme 4 novelas nuevas todos los meses, las cuales recibiré mucho antes de que aparezcan en librerías, y factúrenme al bajo precio de $3,24 cada una, más $0,25 por envío e impuesto de ventas, si corresponde*. Este es el precio total, y es un ahorro de casi el 20% sobre el precio de portada. !Una oferta excelente! Entiendo que el hecho de aceptar estos libros y el regalo no me obliga en forma alguna a la compra de libros adicionales. Y también que puedo devolver cualquier envío y cancelar en cualquier momento. Aún si decido no comprar ningún otro libro de Harlequin, los 2 libros gratis y el regalo sorpresa son míos para siempre.

416 LBN DU7N

Nombre y apellido	(Por favor, letra de molde)	
Dirección	Apartamento No.	
Ciudad	Estado	Zona postal

Esta oferta se limita a un pedido por hogar y no está disponible para los subscriptores actuales de Deseo® y Bianca®.
*Los términos y precios quedan sujetos a cambios sin aviso previo.
Impuestos de ventas aplican en N.Y.

SPN-03   ©2003 Harlequin Enterprises Limited

Deseo™

El millonario del ático B

Anna DePalo

Solitario, rico y poderoso, Gage Lattimer encajaba con la descripción del hombre que podría saber algo sobre la misteriosa desaparición de la hermana de Jacinda Endicott. Por eso Jacinda abandonó su antigua vida y entró a trabajar como ama de llaves en el lujoso ático de Gage.

Durante el día, buscaba pistas acerca de su jefe; por la noche, combatía su atracción fatal hacia el sexy y reservado multimillonario. Su corazón le decía que Gage era inocente, pero su cabeza le advertía de lo contrario. ¿A cuál haría caso?

Se había metido en su casa para descubrir la verdad

Bianca™

¡Pronto iban a recoger el fruto de su pasión!

Domenico Silvaggio d'A-valos sabe que la hermosa canadiense que le ha suplicado que le enseñe el arte de la viticultura no es una mujer muy experimentada. Sin embargo, en el entorno de uno de los más lujosos hoteles de París, Arlene Russell demuestra que posee valor... y una pasión tan intensa como la suya.

Decidida a no ser el último caso de caridad de Domenico, Arlene regresa a su descuidado viñedo. Domenico la sigue y le ofrece salvar de la bancarrota la herencia recibida. Cuando ella no acepta que la compre, toma la decisión de convertirla en su esposa...

Vendimia de amor

Catherine Spencer